Romain Rolland

Jean-Christophe - Tome VI - Antoinette

Texte et illustration de couverture : © domaine public
Edition : Culturea (Hérault, 34)
Contact : infos@culturea.fr
Retrouvez notre catalogue sur http://culturea.fr
Imprimé en Allemagne par Books on Demand
Design typographique : Derek Murphy
Layout : Reedsy (https://reedsy.com/)

Dépôt légal : janvier 2023

ISBN : 9791041913190

Table des matières

À MA MÈRE

Les Jeannin étaient une de ces vieilles familles françaises, qui, depuis des siècles, restent fixées au même coin de province, et pures de tout alliage étranger. Il y en a encore plus qu'on ne croit en France, malgré tous les changements survenus dans la société ; il faut un bouleversement bien fort pour les arracher au sol où elles tiennent par tant de liens profonds, qu'elles ignorent elles-mêmes. La raison n'est pour rien dans leur attachement, et l'intérêt pour peu ; quant au sentimentalisme érudit des souvenirs historiques, il ne compte que pour quelques littérateurs. Ce qui lie d'une étreinte invincible, c'est l'obscure et puissante sensation, commune aux plus grossiers et aux plus intelligents, d'être depuis des siècles un morceau de cette terre, de vivre de sa vie, de respirer son souffle, d'entendre battre son cœur contre le nôtre, comme deux êtres couchés dans le même lit, côte à côte, de saisir ses frissons imperceptibles, les mille nuances des heures, des saisons, des jours clairs ou voilés, la voix et le silence des choses. Et ce ne sont pas les pays les plus beaux, ni ceux où la vie est la plus douce, qui prennent le cœur davantage, mais ceux où la terre est le plus simple, le plus humble, près de l'homme, et lui parle une langue intime et familière.

Telle la province du centre de la France, où vivaient les Jeannin. Pays plat et humide, vieille petite ville endormie, qui mire son visage ennuyé dans l'eau trouble d'un canal immobile ; autour, champs monotones, terres labourées, prairies, petits cours d'eau, grands bois, champs monotones... Nul site, nul monument, nul souvenir. Rien n'est fait pour attirer. Tout est fait pour retenir. Il y a dans cette torpeur et cet engourdissement une secrète force. L'esprit qui les goûte pour la première fois en souffre et se révolte. Mais celui qui, depuis des générations, en a subi l'empreinte, ne saurait plus s'en déprendre ; il en est pénétré ; cette immobilité des choses, cet ennui harmonieux, cette monotonie, ont un charme pour lui, une douceur profonde, dont il ne se rend pas compte, qu'il dénigre, qu'il aime, qu'il ne saurait oublier.

*

Dans ce pays, les Jeannin avaient toujours vécu. On pouvait suivre les traces de la famille jusqu'au XVIe siècle, dans la ville et aux environs : car il y avait naturellement un grand-oncle, dont la vie fut consacrée à dresser la généalogie de cette lignée d'obscures et laborieuses petites gens : paysans, fermiers, artisans de village, puis clercs, notaires de campagne, venus enfin s'installer dans la sous-préfecture de l'arrondissement, où Augustin Jeannin, le père du Jeannin actuel, avait fort adroitement fait ses affaires, comme banquier : habile homme, rusé et tenace comme un paysan, au demeurant honnête, mais sans scrupule exagéré, grand travailleur et bon vivant, qui s'était fait considérer et redouter, à dix lieues à la ronde, par sa malicieuse bonhomie, son franc parler, et sa fortune. Courtaud, ramassé, vigoureux, avec de petits yeux vifs dans une grosse figure rouge, marquée de la petite vérole, il avait fait parler de lui jadis comme coureur de cotillons ; et il n'avait pas tout à fait perdu ce goût. Il aimait les gauloiseries et les bons repas. Il fallait le voir à table, où son fils Antoine lui tenait tête, avec quelques vieux amis de leur espèce : le juge de paix, le notaire, l'archiprêtre de la cathédrale : — (le vieux Jeannin mangeait volontiers du prêtre, mais il savait aussi manger avec le prêtre, quand le prêtre mangeait bien) : — de solides gaillards, bâtis sur le même modèle des pays Rabelaisiens. C'était un feu roulant de plaisanteries énormes, des coups de poing sur la table, des hurlements de rires. Les convulsions de cette gaieté gagnaient les domestiques dans la cuisine, et les voisins dans la rue.

Puis, le vieil Augustin avait pris une fluxion de poitrine, un jour d'été très chaud qu'il s'était avisé de descendre dans sa cave, en bras de chemise, pour mettre son vin en bouteilles. En

— 5 —

vingt-quatre heures, il était parti pour l'autre monde, auquel il ne croyait guère, muni de tous les sacrements de l'Église, en bon bourgeois voltairien de province, qui se laisse faire au dernier moment, pour que les femmes le laissent tranquille, et parce que cela lui est bien égal…Et puis, on ne sait jamais…

Son fils Antoine lui avait succédé dans ses affaires. C'était un petit homme gros, rubicond et épanoui, la face rasée, des favoris en côtelettes, une parole précipitée et bredouillante, – qui faisait beaucoup de bruit, et s'agitait avec de petits gestes vifs et courts. Il n'avait pas l'intelligence financière du père ; mais il était assez bon administrateur. Il n'avait qu'à continuer tranquillement les entreprises commencées, qui allaient en s'agrandissant, par le seul fait de leur durée. Il bénéficiait dans le pays d'une réputation d'affaires, bien qu'il fût pour peu de chose dans leur succès. Il n'y apportait que de la régularité et de l'application. Parfaitement honorable, d'ailleurs il inspirait partout une estime méritée. Ses manières affables, toutes rondes, un peu trop familières peut-être pour certains, un peu trop expansives, un peu peuple, lui avaient acquis dans sa petite ville et dans les campagnes alentour une popularité de bon aloi. Sans être prodigue de son argent, il l'était de sa sensibilité ; il avait facilement la larme à l'œil ; et le spectacle d'une misère l'émouvait sincèrement, d'une façon qui ne manquait pas de toucher la victime.

Comme la plupart des hommes de la petite ville, la politique tenait une grande place dans sa pensée. Il était républicain ardemment modéré, libéral avec intolérance, patriote, et, à l'exemple de son père, extrêmement anti-clérical. Il faisait partie du conseil municipal ; et un plaisir pour lui, comme pour ses collègues, était de jouer quelque bon tour au curé de la paroisse, ou au prédicateur du carême, qui excitait tant d'enthousiasmes parmi les dames de la ville. Il ne faut pas oublier que cet anticléricalisme des petites villes françaises est toujours, plus ou moins, un épisode de la guerre des ménages, une forme sournoise de cette lutte sourde et âpre entre maris et femmes, qui se retrouve dans presque toutes les maisons.

Antoine Jeannin avait aussi des prétentions littéraires. Comme les provinciaux de sa génration, il était nourri de classiques latins, dont il savait par cœur quelques pages et une quantité de proverbes, de La Fontaine, de Boileau, – le Boileau de *l'Art Poétique*, et surtout du *Lutrin*, – de l'auteur de *la Pucelle*, et des *poetæ minores* du XVIIIe siècle français, dans le goût desquels il s'efforçait de rimer. Il n'était pas le seul dans son cercle de connaissances, qui eût cette manie ; et elle ajoutait à sa réputation. On se répétait de lui des facéties en vers, des quatrains, des bouts-rimés, des acrostiches, des épigrammes et des chansons, parfois assez risquées, qui ne manquaient pas d'un certain esprit, bien en chair. Les mystères de la digestion n'y étaient pas oubliés : la Muse des pays de la Loire embouche volontiers sa trompette, à la façon du diable fameux de Dante :

« *... Ed egli avea del cul fatto trombetta...* »

Ce petit homme robuste, jovial et actif, avait pris femme d'un tout autre caractère, – la fille d'un magistrat du pays, Lucie de Villiers. Les de Villiers – ou plutôt, Devilliers : car leur nom s'était scindé, en cours de route, comme un caillou qui se fend en deux, en dévalant, – étaient magistrats de père en fils, de cette vieille race parlementaire française, qui avait une haute idée de la loi, du devoir, des convenances sociales, de la dignité personnelle et, surtout, professionnelle, fortifiée par une honnêteté parfaite, avec une nuance prudhommesque. Au siècle précédent, ils avaient été frottés de jansénisme frondeur, et il leur en était resté, en même temps que le mépris de l'esprit jésuite, quelque chose de pessimiste et d'un peu grognon. Ils ne voyaient pas la vie en beau ; et, loin d'aplanir les difficultés qu'elle présentait, ils en eussent ajouté plutôt, pour avoir le droit de se plaindre. Lucie de Villiers avait quelques-uns de ces traits, qui s'opposaient à l'optimisme pas très raffiné de son mari. Grande, plus grande que lui de toute la tête, maigre, bien faite, sachant s'habiller, mais d'une élégance un peu compassée, qui la faisait toujours paraître – comme à dessein – plus âgée qu'elle n'était, elle avait une très haute valeur morale ; mais elle était sévère pour les autres ; elle n'admettait aucune faute, ni presque aucun travers ; elle passait pour froide et dédaigneuse. Elle était très pieuse ; et c'était une occasion d'éternelles discussions entre époux. D'ailleurs, ils s'aimaient beaucoup ; et, tout en se disputant, ils n'auraient pu se passer l'un de l'autre. Ils n'étaient pas beaucoup plus pratiques l'un que l'autre : lui, par manque de psychologie – (il risquait toujours d'être la dupe des bonnes figures et des belles paroles), – elle, par inexpérience totale des affaires – (en ayant toujours été tenue à l'écart, elle ne s'y intéressait point).

*

Ils avaient deux enfants : une fille, Antoinette, qui était l'aînée de cinq ans, et un garçon, Olivier.

Antoinette était une jolie brunette, qui avait une gracieuse et honnête petite figure à la française, ronde, avec des yeux vifs, le front bombé, le menton fin, un petit nez droit, – « un de ces nez fins et nobles au plus joly », (comme dit gentiment un vieux portraitiste français), « et dans lequel il se passoit certain petit jeu imperceptible qui animoit la physionomie et indiquoit la finesse des mouvements qui se faisoient au dedans d'elle, à mesure qu'elle parloit ou qu'elle écoutoit. » Elle tenait de son père la gaieté et l'insouciance.

Olivier était un blondin délicat, de petite taille, comme son père, mais de nature tout autre. Sa santé avait été gravement éprouvée par des maladies continuelles pendant son enfance ; et, bien qu'il en eût été d'autant plus choyé par tous les siens, sa faiblesse physique l'avait rendu de bonne heure un petit garçon mélancolique, rêvasseur, qui avait peur de la mort, et qui était très mal armé pour la vie. Il restait seul, par sauvagerie et par goût ; il fuyait la société des autres enfants : il y était mal à l'aise ; il répugnait à leurs jeux, à leurs batailles ; leur brutalité lui faisait horreur. Il se laissait battre par eux, non par manque de courage, mais par timidité, parce qu'il avait peur de se défendre, de faire du mal ; il eût été martyrisé par ses camarades, s'il n'eût été protégé par la situation de son père. Il était tendre, et d'une sensibilité maladive : un mot, une marque de sympathie, un reproche, le faisaient fondre en larmes. Sa sœur, beaucoup plus saine, se moquait de lui, et l'appelait : petite fontaine.

Les deux enfants s'aimaient de tout cœur ; mais ils étaient trop différents pour vivre ensemble. Chacun allait de son côté, et poursuivait ses chimères. À mesure qu'Antoinette grandissait, elle devenait plus jolie ; on le lui disait, et elle le savait : elle en était heureuse, elle se forgeait des romans pour l'avenir. Olivier, malingre et triste, se sentait constamment froissé par tous ses contacts avec le monde extérieur ; et il se réfugiait dans son absurde petit cerveau : il se contait des histoires. Il avait un besoin ardent et féminin d'aimer et d'être aimé ; et, vivant seul, en dehors de tous ceux de son âge, il s'était fait deux ou trois amis imaginaires : l'un s'appelait Jean, l'autre Étienne, l'autre François ; il était toujours avec eux. Aussi, n'était-il jamais avec ceux qui l'entouraient. Il ne dormait pas beaucoup, et rêvassait sans cesse. Le matin, quand on l'avait arraché de son lit, il s'oubliait, ses deux petites jambes nues pendant hors de son lit, ou, bien souvent, deux bas enfilés sur la même jambe. Il s'oubliait, ses deux mains dans sa cuvette. Il s'oubliait à sa table de travail, en écrivant une ligne, en apprenant sa leçon : il rêvait pendant des heures ; et après il s'apercevait soudain, avec terreur, qu'il n'avait rien appris. À dîner, il était ahuri quand on lui adressait la parole ; il répondait, deux minutes après qu'on l'avait interrogé ; il ne savait plus ce qu'il voulait dire, au milieu de sa phrase. Il s'engourdissait dans le murmure de sa pensée et dans les sensations familières des jours de province monotones, qui s'écoulaient avec lenteur : la grande maison, à moitié vide, dont on n'habitait qu'une partie ; les caves et les greniers immenses et redoutables ; les chambres mystérieusement closes, volets fermés, meubles vêtus de housses, glaces voilées, flambeaux enveloppés ; les vieux portraits de famille, au sourire obsédant ; les gravures Empire, d'un héroïsme vertueux et polisson : *Alcibiade et Socrate chez la courtisane, Antiochus et Stratonice, l'histoire d'Epaminondas, Belisaire mendiant...* Au dehors, le bruit du maréchal ferrant dans la forge d'en face, la danse boiteuse des marteaux sur l'enclume, le halètement du soufflet poussif, l'odeur de la corne grillée, les battoirs des laveuses accroupies au bord de l'eau, les coups sourds du couperet du boucher dans la maison voisine, le pas d'un cheval sonnant sur le pavé de la rue, le grincement d'une pompe, le pont tournant sur le canal, les lourds bateaux, chargés de piles de bois, lentement défilant, halés au bout d'une corde, devant le jardin suspendu, la petite cour dallée, avec un carré de terre, où poussaient deux lilas, au milieu d'un massif de géraniums et de pétunias, les caisses de lauriers et de grenadiers en fleurs sur la terrasse audessus du canal ; parfois, le vacarme d'une foire sur la place voisine, les paysans en blouses bleues luisantes, et les cochons braillants... Et le dimanche, à l'église, le chantre qui chantait faux, le vieux curé qui s'endormait en disant la messe ; la promenade en famille sur l'avenue de la gare, où l'on passait son temps à échanger des coups de chapeau cérémonieux avec d'autres malheureux, qui se croyaient également obligés à se promener ensemble, — jusqu'à ce qu'enfin on arrivât dans les champs ensoleillés, au-dessus desquels, invisibles, se balançaient les alouettes, — ou le long du canal miroitant et mort, des deux côtés duquel les peupliers alignés frissonnaient... Et puis, c'étaient les grands dîners, les mangeries interminables, où l'on parlait de mangeaille, avec science et volupté : car il n'y avait là que des connaisseurs ; et la gourmandise est, en province, la grande occupation, l'Art par excellence. Et l'on parlait aussi d'affaires, et de gauloiseries et, çà, et là, de maladies, avec des détails sans fin... — Et le petit garçon, assis dans son coin, ne faisait pas plus de bruit qu'une petite souris, grignotait, ne mangeait guère, et écoutait de toutes ses oreilles. Rien ne lui échappait ; ce qu'il entendait mal, son imagination y suppléait. Il avait ce don singulier, qu'on observe souvent chez les enfants des vieilles familles, où l'empreinte des siècles est trop fortement marquée, de deviner des pensées, qu'il n'avait jamais eues encore, et qu'il comprenait à peine. – Il y avait aussi la cuisine, où s'élaboraient des mystères sanglants et succulents ; et la vieille bonne, qui racontait des contes burlesques et effrayants... Enfin, c'était, le soir, le vol silencieux des chauves-souris, la terreur des vies monstrueuses, que l'on savait grouiller dans les entrailles de la vieille maison ; les gros rats, les araignées énormes et velues ; la prière au pied du lit, où l'on n'écoutait guère ce que l'on disait – la petite cloche saccadée de l'hospice voisin, qui sonnait le coucher des religieuses ; – le lit blanc, l'île des rêves...

Les meilleurs moments de l'année étaient ceux qu'on passait dans une propriété de famille, à quelques lieues de la ville, au printemps et à l'automne. Là, on pouvait rêver tout à son aise : on ne voyait personne. Comme la plupart des petits bourgeois, les deux enfants étaient tenus à l'écart des gens du peuple : domestiques, fermiers, qui leur inspiraient au fond un peu de crainte et de dégoût. Ils tenaient de leur mère un dédain aristocratique – ou plutôt, essentiellement bourgeois, – pour les travailleurs manuels. Olivier passait les journées, perché dans les branches d'un frêne, et lisant des histoires merveilleuses : la délicieuse mythologie, les *Contes* de Musæus, ou de Mme d'Aulnoy, ou les *Mille et une Nuits*, ou des romans de voyage. Car il avait cette étrange nostalgie des terres lointaines, « ces rêves océaniques », qui tourmentent parfois les jeunes garçons des petites villes de provinces françaises. Un fourré lui cachait la maison ; et il pouvait se croire très loin. Mais il se savait tout près ; et il en était bien aise : car il n'aimait pas trop à s'éloigner tout seul ; il se sentait perdu dans la nature. Les arbres houlaient autour. À travers le nid de feuillage il voyait au loin les vignes jaunissantes, les prairies où paissaient les vaches bigarrées, dont les meuglements lents remplissaient le silence de la campagne assoupie. Les coqs à la voix perçante se répondaient d'une ferme à l'autre. On entendait le rythme inégal des fléaux dans les granges. Dans cette paix des choses, la vie fiévreuse des myriades d'êtres coulait à pleins bords. Olivier surveillait d'un œil inquiet les colonnes des fourmis perpétuellement pressées, et les abeilles lourdes de butin, qui ronflent comme des tuyaux d'orgues, et les guêpes superbes et stupides, qui ne savent ce qu'elles veulent, – tout ce monde de bêtes affairées, qui semblent dévorées du désir d'arriver quelque part…Où cela ? Elles l'ignorent. N'importe où ! Quelque part… Olivier avait un frisson, au milieu de cet univers aveugle et ennemi. Il tressaillait, comme un levraut, au bruit d'une pomme de pin qui tombait, ou d'une branche sèche qui se cassait…Il se rassurait, en entendant, à l'autre bout du jardin, tinter les anneaux de la balançoire, où Antoinette se berçait, avec rage.

Elle rêvait aussi ; mais c'était à sa façon. Elle passait la journée à fureter dans le jardin, gourmande, curieuse, et rieuse, picorant les raisins des vignes comme une grive, détachant en cachette une pêche de l'espalier, grimpant sur un prunier, ou lui donnant en passant de petites tapes sournoises, pour faire tomber la pluie des mirabelles d'or, qui fondent dans la bouche comme un miel parfumé. Ou elle cueillait des fleurs, bien que ce fût défendu : vite, elle arrachait une rose qu'elle convoitait depuis le matin, et elle se sauvait avec, dans la charmille au fond du jardin. Alors, elle enfouissait son petit nez voluptueusement dans la fleur enivrante, elle la baisait, la mordait, la suçait ; et puis, elle cachait son larcin, elle l'enfonçait dans son cou, contre sa gorge, entre ses deux petits seins, qu'elle regardait curieusement se gonfler sous sa chemisette entre-bâillée… Une volupté aussi, exquise et défendue, était d'enlever ses chaussures et ses bas, et de s'en aller, pieds nus, sur le sablon frais des allées, et sur l'herbe mouillée des pelouses, et sur les pierres glacées d'ombre, ou brûlantes de soleil, et dans le petit ruisseau qui coulait à la lisière du bois, de baiser avec ses pieds, ses jambes, ses genoux, l'eau, la terre et la lumière. Couchée à l'ombre des sapins, elle regardait ses mains transparentes au soleil, et elle promenait machinalement ses lèvres sur le tissu satiné de ses bras fins et dodus. Elle se faisait des couronnes, des colliers, des robes de feuilles de lierre et de feuilles de chêne ; elle y piquait des chardons bleus, et de la rouge épine-vinette et de petites branches de sapin avec leurs fruits verts : elle avait l'air d'une petite princesse barbare. Et elle dansait, toute seule, autour du jet d'eau ; et, les bras étendus, elle tournait, elle tournait, jusqu'à ce que la tête lui tournât, et qu'elle se laissât choir sur la pelouse, la figure enfouie dans l'herbe, et riant aux éclats, pendant plusieurs minutes, sans pouvoir s'arrêter, et sans savoir pourquoi.

Ainsi coulaient les jours des deux enfants, à quelques pas l'un de l'autre, sans s'occuper l'un de l'autre, – sauf lorsque Antoinette s'avisait, en passant, de jouer une niche à son frère, de lui lancer au nez une poignée d'aiguilles de pin, ou de secouer son arbre, en menaçant de le faire tomber, ou de lui faire peur, en se lançant sur lui et criant brusquement :

– Hou ! Hou !...

Elle était prise parfois d'une fureur de le taquiner. Elle le faisait descendre de son arbre, en prétendant que sa mère l'appelait. Puis, quand il était descendu, elle montait à sa place, et n'en voulait plus bouger. Alors Olivier geignait, et menaçait de se plaindre. Mais il n'y avait pas de danger qu'Antoinette s'éternisât sur l'arbre : elle ne pouvait rester deux minutes en repos. Quand elle s'était bien moquée d'Olivier, du haut de la branche, quand elle l'avait fait enrager à son aise, et qu'il était près de pleurer, elle dégringolait en bas, se jetait sur lui, le secouait en riant, l'appelait « petit serin », et le roulait par terre, en lui frottant le nez avec des poignées d'herbe. Il essayait de lutter ; mais il n'était pas de force. Alors, il ne bougeait plus, couché sur le dos, comme un hanneton, ses bras maigres cloués sur le gazon par les robustes menottes d'Antoinette ; et il prenait un air lamentable et résigné. Antoinette n'y résistait pas : elle le regardait vaincu et soumis ; elle éclatait de rire, l'embrassait brusquement, et elle le laissait, – non sans lui avoir, en guise d'adieu, enfoncé un petit tapon d'herbe fraîche dans la bouche : ce qu'il détestait par-dessus tout, parce qu'il était extrêmement dégoûté. Et il crachait, il s'essuyait la bouche, il protestait avec indignation, tandis qu'elle se sauvait à toutes jambes, en riant.

Elle riait toujours. La nuit, dans son sommeil, elle riait encore. Olivier, couché dans la chambre voisine, et qui ne dormait point, sursautait au milieu des histoires qu'il se contait, en entendant ces fous rires et les paroles entrecoupées qu'elle disait dans le silence de la nuit. Dehors, les arbres craquaient sous le souffle du vent, une chouette pleurait, les chiens hurlaient dans les villages, au loin, et dans les fermes au fond des bois. Dans l'indécise phosphorescence de la nuit, Olivier voyait se mouvoir devant sa fenêtre, comme des spectres, des branches lourdes et sombres de sapins, et le rire d'Antoinette lui était un allégement.

*

Les deux enfants étaient très religieux, surtout Olivier. Leur père les scandalisait par ses professions de foi anticléricales ; mais il les laissait libres ; et, au fond, comme tant de bourgeois qui ne croient pas, il n'était pas fâché que les siens crussent pour lui : car il est toujours bon d'avoir des alliés dans l'autre camp, on n'est jamais sûr de quel côté tournera la chance. En somme, il était déiste, et il se réservait, le moment venu, de faire venir un curé, comme avait fait son père : si cela ne fait pas de bien, cela ne peut pas faire de mal ; on n'a pas besoin de croire qu'on sera brûlé, pour prendre une assurance contre l'incendie.

Olivier, maladif, avait une inclination au mysticisme. Il lui semblait parfois ne plus exister. Crédule et tendre, il avait besoin d'un appui ; il goûtait dans la confession une jouissance douloureuse, le bienfait de se confier à l'invisible Ami, dont les bras vous sont toujours ouverts, à qui on peut tout dire, qui comprend et qui excuse tout ; il savourait la douceur de ce bain d'humilité et d'amour, d'où l'âme sort toute pure, lavée et reposée. Il lui était si naturel de croire, qu'il ne comprenait pas comment on pouvait douter ; il pensait qu'on y mettait de la méchanceté, ou que Dieu vous punissait. Il faisait des prières en cachette pour que son père fût touché de la grâce ; et il eut une grande joie, un jour que, visitant avec lui une église de campagne, il le vit faire un signe de croix. Les récits de l'Histoire Sainte s'étaient mêlés en lui aux merveilleuses histoires de Rübezahl, de Gracieuse et Percinet, et du calife Haroun-al-Raschid. Quand il était petit, il ne doutait pas plus de la vérité des unes que des autres. Et, de même qu'il n'était pas sûr de ne pas connaître Schacabac aux lèvres fendues, et le barbier babillard, et le petit bossu de Casgar, de même que, lorsqu'il se promenait, il cherchait des yeux dans la campagne le pic noir qui porte dans son bec la racine magique du chercheur de trésors, Chanaan et la Terre Promise devenaient, par la vertu de son imagination d'enfant, des localités bourguignonnes ou berrichonnes. Une colline du pays, toute ronde, avec un petit arbre au sommet comme un vieux plumet défraîchi lui semblait la montagne où Abraham avait élevé le bûcher. Et un gros buisson mort, à la lisière des chaumes, était le Buisson ardent que les siècles avaient éteint. Même quand il ne fut plus tout petit, et quand son sens critique commençait à s'éveiller, il aimait à bercer encore des légendes populaires qui enguirlandent la foi ; et il y trouvait tant de plaisir que, sans être tout à fait dupe, il s'amusait à l'être. C'est ainsi que, pendant longtemps, il guetta, le samedi saint, le retour des cloches de Pâques, qui sont parties pour Rome, le jeudi d'avant, et qui reviennent dans les airs avec de petites banderoles. Il avait fini par se rendre compte que ce n'était pas vrai, mais il n'en continuait pas moins de lever le nez

au ciel, quand il les entendait sonner ; et une fois, il eut l'illusion
– tout en sachant parfaitement que cela ne pouvait pas être –
d'en voir une disparaître au-dessus de la maison, avec des ru-
bans bleus.

Il avait un impérieux besoin de se baigner dans ce monde
de légende et de foi. Il fuyait à la vie. Il se fuyait lui-même. Maigre, pâle, chétif, il souffrait d'être ainsi, il ne pouvait supporter
de se l'entendre dire. Il portait en lui un pessimisme natif, qui
lui venait de sa mère sans doute, et qui avait trouvé un terrain
favorable chez cet enfant maladif. Il n'en avait pas conscience :
il croyait que tout le monde était comme lui ; et ce petit bon-
homme de dix ans, pendant ses récréations, au lieu de jouer
dans le jardin, s'enfermait dans sa chambre, et, en grignotant
son goûter, il écrivait son testament.

Il écrivait beaucoup. Il s'acharnait à écrire son journal,
chaque soir en cachette, – il ne savait pourquoi, car il n'avait
rien à dire que des niaiseries. Écrire était chez lui une manie
héréditaire, ce besoin séculaire du bourgeois de province française, – la vieille race indestructible, – qui, chaque jour, écrit
pour soi jusqu'au jour de sa mort, avec une patience idiote et
presque héroïque, les notes détaillées de ce qu'il a, chaque jour,
vu, dit, fait, entendu, bu, pensé et mangé. Pour soi. Pour personne autre. Personne ne le lira jamais : il le sait ; et lui-même
ne se relit jamais.

*

La musique lui était, comme la foi, un abri contre la lumière trop vive du jour. Tous deux, le frère et la sœur, étaient
musiciens de cœur, – surtout Olivier, qui tenait ce don de sa
mère. Au reste, il s'en fallait que leur goût fût excellent. Personne n'eût été capable de le former, dans cette province où l'on
n'entendait, en fait de musique, que la fanfare locale qui jouait
des pas redoublés, ou – dans ses bons jours – des pots-pourris

d'Adolphe Adam, l'orgue de l'église qui exécutait des romances, et les exercices de piano des demoiselles de la bourgeoisie qui tapotaient sur des instruments mal accordés quelques valses et polkas, l'ouverture du *Calife de Bagdad*, ou de la *Chasse du jeune Henri*, et deux ou trois sonates de Mozart, toujours les mêmes, et toujours avec les mêmes fausses notes. Cela faisait partie du programme invariable des soirées, quand on recevait du monde. Après dîner, ceux qui avaient des talents étaient priés de les faire valoir : ils refusaient d'abord, en rougissant, puis finissaient par céder aux instances de l'assemblée ; et ils exécutaient leur grand morceau par cœur. Chacun admirait alors la mémoire de l'artiste et son jeu « perlé ».

Cette cérémonie, qui se renouvelait presque à chaque soirée, gâtait pour les deux enfants tout le plaisir du dîner. Encore, quand ils avaient à jouer à quatre mains leur *Voyage en Chine de Bazin*, ou leurs petits morceaux de Weber, ils étaient sûrs l'un de l'autre, ils n'avaient pas trop peur. Mais quand il fallait jouer seul, c'était un supplice. Antoinette, comme toujours, était la plus brave. Cela l'ennuyait mortellement ; mais comme elle savait qu'il n'y avait pas moyen d'y échapper, elle en prenait son parti, allait s'asseoir au piano, d'un petit air décidé, et galopait son *rondo*, à la diable, bredouillant des passages, à d'autres pataugeant, s'interrompant, tournant la tête, disant avec un sourire :

— Ah ! je ne me souviens plus...

puis, reprenant bravement, quelques mesures plus loin, et allant jusqu'au bout. Après, elle ne cachait pas son contentement d'avoir fini ; et, quand elle revenait à sa place au milieu des compliments, elle riait, en disant :

— J'en ai fait, des fausses notes !...

Mais Olivier était d'humeur moins facile. Il ne pouvait supporter de s'exhiber en public, d'être le point de mire de toute une société. C'était déjà pour lui une souffrance de parler, quand il y avait du monde. Jouer, surtout pour des gens qui n'aimaient pas la musique – (il le voyait très bien,) – que la musique ennuyait même, et qui vous faisaient jouer seulement par habitude, lui semblait une tyrannie, contre laquelle il tentait de s'insurger en vain. Il refusait obstinément. Certains soirs, il se sauvait ; il allait se cacher dans une chambre noire, dans le corridor, et jusqu'au grenier, malgré sa peur des araignées. Sa résistance rendait les insistances plus vives et plus narquoises ; les objurgations des parents s'y mêlaient, agrémentées de quelques claques, quand l'esprit de révolte soufflait trop impertinemment. Et il devait toujours finir par jouer, – naturellement, en dépit du bon sens. Ensuite, il souffrait, la nuit, d'avoir mal joué parce qu'il aimait vraiment la musique.

Le goût de la petite ville n'avait pas toujours été aussi médiocre. On se souvenait d'un temps, où l'on faisait d'assez bonne musique de chambre, chez deux ou trois bourgeois. Mme Jeannin parlait souvent de son grand-père, qui raclait du violoncelle avec passion, et qui chantait des airs de Gluck, de Dalayrac et de Berton. Il y en avait encore un gros cahier à la maison, ainsi qu'une liasse d'airs italiens. Car l'aimable vieillard était comme M. Andrieux, dont Berlioz disait : « Il *aimait bien* Gluck. » Et il ajoutait avec amertume « Il *aimait bien* aussi Piccinni ». – Peut-être aimait-il mieux Piccinni. En tout cas, les airs italiens l'emportaient de beaucoup en nombre, dans la collection du grand-père. Ils avaient été le pain musical du petit Olivier. Nourriture peu substantielle, et un peu analogue aux sucreries de province, dont on bourre les enfants : elles affadissent le goût, démolissent l'estomac, et risquent d'enlever pour toujours l'appétit pour des aliments plus sérieux. Mais la gourmandise d'Olivier ne pouvait être mise en cause. D'aliments plus sérieux, on ne lui en offrait pas. Il n'avait pas de pain, il mangeait du gâteau. C'est ainsi que, par la force des choses, Cimarosa, Paesiello, et Rossini devinrent les nourriciers de ce petit garçon mélancolique et mystique, dont la tête tournait un peu, en buvant l'*Asti spumante*, que lui versaient, au lieu de lait, ces pères Silènes hilares et effrontés, et les deux petites Bacchantes sautillantes de Naples et de Catane, au sourire ingénu et lascif, avec une jolie larme dans les yeux : Pergolèse et Bellini.

Il jouait beaucoup de musique, tout seul, pour son plaisir. Il en était imprégné. Il ne cherchait pas à comprendre ce qu'il jouait, il en jouissait passivement. Personne ne songeait à lui faire apprendre l'harmonie ; et lui-même ne s'en souciait pas. Tout ce qui était science et esprit scientifique était étranger à la famille, surtout du côté maternel. Ces hommes de loi, beaux esprits et humanistes étaient perdus devant un problème. On citait comme un phénomène, un membre de la famille, – un cousin éloigné, – qui était entré au Bureau des Longitudes. Encore disait-on qu'il en était devenu fou. La vieille bourgeoisie de province, d'esprit robuste et positif, mais assoupi par ses longues digestions et la monotonie des jours, est pleine de son bon sens ; elle a une telle foi en lui qu'elle se fait fort de ne trouver aucune difficulté qu'il ne soit suffisant à résoudre ; et elle n'est pas loin de considérer les hommes de science comme des espèces d'artistes, plus utiles que les autres, mais moins relevés, parce que du moins les artistes ne servent à rien ; et cette fainéantise ne manque pas de distinction. Au lieu que les savants sont presque des ouvriers manuels, – (ce qui est déshonorant), – des contremaîtres plus instruits et un peu toqués ; très forts sur le papier ; mais, sortis de leur usine à chiffres, il n'y a plus personne ! Ils n'iraient pas loin, s'ils n'avaient, pour les diriger, les gens de bon sens, qui possèdent l'expérience de la vie et des affaires.

Le malheur est qu'il n'est pas prouvé que cette expérience de la vie et des affaires soit aussi ferme que ces gens de bon sens voudraient se le faire accroire. C'est bien plutôt une routine, limitée à un très petit nombre de cas très faciles. Que survienne

un cas imprévu, où il faut prendre parti promptement et vigou-
reusement, les voilà désarmés.

Le banquier Jeannin était de cette espèce. Tout était si bien
prévu d'avance, tout se répétait si exactement dans le rythme de
la vie de province qu'il n'avait jamais rencontré de difficultés
sérieuses dans ses affaires. Il avait pris la succession de son
père, sans aptitude spéciale pour ce métier ; puisque tout avait
bien marché depuis, il en faisait honneur à ses lumières naturel-
les. Il aimait à dire qu'il suffisait d'être honnête, appliqué, et
d'avoir du bon sens ; et il pensait transmettre sa charge à son
fils, sans plus s'inquiéter des goûts de celui-ci que son père
n'avait fait pour lui-même. Il ne l'y préparait point. Il laissait ses
enfants pousser à leur gré, pourvu qu'ils fussent des braves petits, et surtout qu'ils fussent heureux, car il les adorait. Aussi,
étaient-ils aussi mal préparés que possible à la lutte pour la vie :
fleurs de serre. Mais ne devaient-ils pas toujours vivre ainsi ?
Dans leur molle province, dans leur famille riche, considérée,
avec un père aimable, gai, cordial, entouré d'amis, jouissant
d'une des premières situations du pays, la vie était si facile et
riante !

*

Antoinette avait seize ans. Olivier allait faire sa première
communion. Il s'engourdissait dans le bourdonnement de ses
rêves mystiques. Antoinette écoutait chanter le voluptueux ra-
mage de l'espérance enivrée, qui, comme le rossignol d'avril,
remplit les cœurs printaniers. Elle jouissait de sentir son corps
et son âme fleurissants, de se savoir jolie et de se l'entendre
dire. Les éloges de son père, ses paroles imprudentes eussent
suffi à lui tourner la tête.

Il était en extase devant elle ; il s'amusait de sa coquetterie,
de ses œillades langoureuses à son miroir, de ses roueries innocentes et malignes. Il la prenait sur ses genoux, il la taquinait au

sujet de son petit cœur, des conquêtes qu'elle faisait, des demandes en mariage qu'il prétendait avoir reçues pour elle ; il les énumérait : des bourgeois respectables, tous plus vieux et plus laids les uns que les autres. Elle se récriait d'horreur, avec des éclats de rire, les bras passés autour du cou de son père, la figure blottie contre sa joue. Et il lui demandait quel serait l'heureux élu : si c'était M. le procureur de la République, dont la vieille bonne des Jeannin disait qu'il était laid comme les sept péchés capitaux, ou bien le gros notaire. Elle lui donnait de petites tapes pour le faire taire, ou lui fermait la bouche avec ses mains. Il baisait les menottes, et chantait, en la faisant sauter sur ses genoux, la chanson connue :

> *Que voulez-vous, la belle ?*
> *Est-ce un mari bien laid ?*

Elle répondait, en pouffant, et lui nouant les favoris sous le menton, par le refrain :

> *Plutôt joli que laid,*
> *Madame, s'il vous plaît.*

Elle entendait bien faire son choix, elle-même. Elle savait qu'elle était, ou qu'elle serait riche, – (son père le lui répétait sur tous les tons) : – elle était « un beau parti ». Les familles distinguées du pays, qui avaient des fils, la courtisaient déjà, disposant autour d'elle un réseau de petites flatteries et de ruses savantes, cousues de fil blanc, pour prendre le joli poisson d'argent. Mais le poisson risquait fort d'être pour eux un poisson d'avril ; car la fine Antoinette ne perdait rien de leurs manèges, et elle s'en amusait : elle voulait bien se faire prendre ; mais elle ne voulait pas qu'on la prît. Dans sa petite tête, elle avait déjà décidé qui elle épouserait.

La famille noble du pays – (il n'y en a généralement qu'une par pays : elle se prétend issue des anciens seigneurs de la province ; et elle descend, le plus souvent, de quelque acheteur des biens nationaux, intendant du XVIIIe siècle, ce fournisseur des armées de Napoléon) – les Bonnivet, qui avaient, à deux lieues de la ville, un château avec des tours pointues aux ardoises amusantes, au milieu des grands bois, semés d'étangs poissonneux, faisaient des avances aux Jeannin. Le jeune Bonnivet était empressé auprès d'Antoinette. Beau garçon, assez fort et corpulent pour son âge, il ne faisait toute sa sainte journée que chasser, manger, boire, et dormir ; il montait à cheval, savait danser, avait d'assez bonnes manières, et n'était pas beaucoup plus bête qu'un autre. Il venait de temps en temps du château à la ville, tout botté, à cheval, ou dans son tape-cul ; il faisait visite au banquier, sous prétexte d'affaires ; et parfois, il apportait une bourriche de gibier, ou un gros bouquet de fleurs pour ces dames. Il en profitait pour faire la cour à mademoiselle. Ils se promenaient dans le jardin. Il lui faisait des compliments gros comme le bras, et badinait agréablement, en frisant sa moustache, et faisant sonner ses éperons sur les dalles de la terrasse. Antoinette le trouvait charmant. Son orgueil et son cœur étaient délicieusement caressés. Elle s'abandonnait à ces premières heures si douces d'amour enfantin. Olivier détestait le hobereau, parce qu'il était fort, lourd, brutal, qu'il riait d'un rire bruyant, qu'il avait des mains qui serraient comme des étaux, et une façon dédaigneuse de l'appeler toujours : « Petit...», en lui pinçant la joue. Il le détestait surtout, sans le savoir, – parce que cet étranger aimait sa sœur :...sa sœur, son bien à lui, à lui, et à nul autre !...

*

Cependant, la catastrophe arrivait. Tôt ou tard, il en vient une dans la vie de ces vieilles familles bourgeoises qui depuis des siècles sont incrustées dans le même carré de terre, et en ont épuisé tous les sucs. Elles sommeillent tranquillement, et se croient aussi éternelles que le sol qui les porte. Mais le sol est mort sous elles, et il n'y a plus de racines : il suffit d'un coup de pioche pour tout arracher. Alors, on parle de malchance, de malheur imprévu. Il n'y eût pas eu de malchance, si l'arbre eût été plus résistant ; ou, du moins, l'épreuve n'eût fait que passer, comme une tourmente, qui arrache quelques branches, mais n'ébranle point l'arbre.

Le banquier Jeannin était faible, confiant, un peu vaniteux. Il aimait jeter de la poudre aux yeux, et confondait volontiers « être » avec « paraître ». Il dépensait beaucoup, à tort et à travers, sans que ces gaspillages, à vrai dire, que les habitudes d'économie séculaire venaient modérer, par accès de remords, – (il dépensait un stère de bois, et lésinait sur une allumette), – vinssent sérieusement entamer son avoir. Il n'était pas non plus très prudent dans ses affaires. Il ne refusait jamais de prêter de l'argent à des amis ; et ce n'était pas bien difficile d'être de ses amis. Il ne prenait même pas toujours la peine de se faire donner un reçu ; il tenait un compte négligent de ce qu'on lui devait, et qu'il ne réclamait guère, si on ne le lui offrait point. Il comptait sur la bonne foi des autres, comme il entendait qu'on comptât sur la sienne. Il était d'ailleurs plus timide que ne l'eussent laissé croire ses manières rondes et sans façon. Jamais il n'eût osé éconduire certains quémandeurs indiscrets, ni manifester ses craintes au sujet de leur solvabilité. Il y mettait de la bonté et de la pusillanimité. Il ne voulait froisser personne, et il craignait un affront. Alors, il cédait toujours. Et, pour se donner le change, il le faisait avec entrain, comme si c'était lui rendre service que prendre son argent. Il n'était pas loin de le croire : son amour-propre et son optimisme lui persuadaient aisément que toute affaire qu'il faisait était une bonne affaire.

Ces façons d'agir n'étaient pas pour lui aliéner les sympathies des emprunteurs ; il était adoré des paysans, qui savaient qu'ils pouvaient toujours avoir recours à son obligeance, et qui ne s'en faisaient point faute. Mais la reconnaissance des gens – voire des braves gens – est un fruit qu'il faut cueillir à temps. – Si on le laisse vieillir sur l'arbre, il ne tarde pas à moisir. Quand quelques mois étaient passés, les obligés de M. Jeannin s'habituaient à penser que ce service leur était dû ; et même, ils avaient un penchant à croire que, pour que M. Jeannin eût manifesté tant de plaisir à les aider, il fallait qu'il y eût trouvé son intérêt. Les plus délicats se croyaient quittes – sinon de la dette, au moins de la reconnaissance – avec un lièvre qu'ils avaient tué, ou un panier d'œufs de leur poulailler, qu'ils venaient offrir au banquier, le jour de la foire du pays.

Comme jusqu'à présent il ne s'était agi, en définitive, que de petites sommes, et que M. Jeannin n'avait eu affaire qu'à d'assez honnêtes gens, il n'y avait pas eu grand inconvénient à cela : les pertes d'argent – dont le banquier ne soufflait mot à qui que ce fût, – étaient minimes. Mais ce fut autre chose, du jour où M. Jeannin se trouva sur le chemin d'un intrigant, qui lançait une grande affaire industrielle, et qui avait eu vent de la complaisance du banquier et de ses ressources financières. Ce personnage aux manières importantes, qui était décoré de la Légion d'honneur, et se disait l'ami de deux ou trois ministres, d'un archevêque, d'une collection de sénateurs, de notoriétés variées du monde des lettres ou de la finance, et d'un journal omnipotent, sut merveilleusement prendre le ton autoritaire et familier, qui convenait à son homme. À titre de recommandation, il exhibait, avec une grossièreté qui eût mis en éveil quelqu'un de plus fin que M. Jeannin, les lettres de compliments banals qu'il avait reçues de ces illustres connaissances, pour le remercier d'une invitation à dîner, ou pour l'inviter à leur tour : car on sait que les Français ne sont jamais chiches de cette monnaie épistolaire, ni regardants à accepter la poignée de main et les dîners d'un individu qu'ils connaissent depuis une heure, – pourvu seulement qu'il les amuse et qu'il ne leur demande point leur argent. Encore en est-il beaucoup qui ne le refuseraient pas à leur nouvel ami, si d'autres faisaient de même. Et ce serait bien de la malechance pour un homme intelligent, qui cherche à soulager son prochain de l'argent qui l'embarrasse, s'il ne finissait par trouver un premier mouton qui consentît à sauter, pour entraîner les autres. – N'y eût-il pas eu d'autres moutons avant lui, M. Jeannin eût été celui-là. Il était de la bonne espèce porte-laine, qui est faite pour qu'on la tonde : Il fut séduit par les belles relations, par la faconde, par les flatteries de son visiteur, et aussi par les premiers bons résultats que donnèrent ses conseils. Il risqua peu, d'abord, et avec succès ; alors, il risqua beaucoup ; et puis, il risqua tout : non seulement son argent, mais celui de ses clients. Il se gardait de les en aviser : il était sûr de gagner ; il voulait éblouir par les services rendus.

L'entreprise sombra. Il l'apprit d'une façon indirecte par un de ses correspondants parisiens, qui lui disait un mot, en passant, du nouveau krach, sans se douter que Jeannin était une des victimes : car le banquier n'avait parlé de rien à personne ; avec une inconcevable légèreté, il avait négligé – évité, semblait-il, – de prendre conseil auprès de ceux qui étaient capables de le renseigner : il avait tout fait en secret, infatué de son infaillible bon sens, et il s'était contenté des plus vagues renseignements. Il y a de ces aberrations dans la vie : on dirait qu'à certains moments, il faille absolument qu'on se perde : il semble qu'on ait peur que quelqu'un vous vienne en aide ; on fuit tout conseil qui pourrait vous sauver, on se cache, on se hâte avec un empressement fébrile, afin de pouvoir faire le grand plongeon, tout à son aise.

M. Jeannin courut à la gare, et, le cœur broyé d'angoisse, il prit le train pour Paris. Il allait à la recherche de son homme. Il se flattait encore de l'espoir que les nouvelles étaient fausses, ou du moins exagérées. Il ne trouva point l'homme, et il eut confirmation du désastre, qui était complet. Il revint, affolé, cachant tout. Personne ne se doutait de rien encore. Il tâcha de gagner quelques semaines, quelques jours. Dans son incurable optimisme, il s'efforçait de croire qu'il trouverait un moyen de réparer, sinon ses pertes, celles qu'il avait fait subir à ses clients. Il essaya de divers expédients, avec une précipitation mala-

droite, qui lui eût enlevé toute chance de réussir, s'il en avait pu
avoir. Les emprunts qu'il tenta lui furent partout refusés. Les
spéculations hasardeuses, où, en désespoir de cause, il engagea
le peu qui lui restait, achevèrent de le perdre. Dès lors, ce fut un
changement complet dans son caractère. Il ne parlait de rien ;
mais il était aigri, violent, dur, horriblement triste. Encore,
quand il était avec des étrangers, continuait-il à simuler la gaieté ; mais son trouble n'échappait à personne : on l'attribuait à sa
santé. Avec les siens, il se surveillait moins ; et ils avaient re-
marqué tout de suite qu'il cachait quelque chose de grave. Il
n'était plus reconnaissable. Tantôt il faisait irruption dans une
chambre, et il fouillait un meuble, jetant sur le parquet tous les
papiers sens dessus dessous, et se mettant dans des rages folles,
parce qu'il ne trouvait rien, ou qu'on voulait l'aider. Puis, il restait perdu au milieu de ce désordre ; et, quand on lui demandait
ce qu'il cherchait, il ne le savait pas lui-même. Il ne paraissait
plus s'intéresser aux siens ; ou il les embrassait, avec des larmes
aux yeux. Il ne dormait plus. Il ne mangeait plus.

Mme Jeannin voyait bien qu'on était à la veille d'une catastrophe ; mais elle n'avait jamais pris aucune part aux affaires de
son mari, elle n'y comprenait rien. Elle l'interrogea : il la repoussa brutalement ; et elle, froissée dans son orgueil, n'insista
plus. Mais elle tremblait, sans savoir pourquoi.

Les enfants ne pouvaient se douter du danger. Antoinette
était trop intelligente pour ne pas avoir, comme sa mère, le
pressentiment de quelque malheur ; mais elle était toute au
plaisir de son amour naissant : elle ne voulait pas penser aux
choses inquiétantes ; elle se persuadait que les nuages se dissi-
peraient d'eux-mêmes, – ou qu'il serait assez temps pour les
voir, quand on ne pourrait plus faire autrement.

Celui qui eût été le plus près de comprendre ce qui se passait dans l'âme du malheureux banquier, était le petit Olivier. Il
sentait que son père souffrait ; et il souffrait en secret avec lui.

Mais il n'osait rien dire : il ne pouvait rien, il ne savait rien. Et puis, lui aussi écartait sa pensée de ces choses tristes, qui lui échappaient : comme sa mère et sa sœur, il avait une tendance superstitieuse à croire que le malheur, qu'on ne veut pas voir venir, peut-être ne viendra pas. Les pauvres gens, qui se sentent menacés, font comme l'autruche : ils se cachent la tête derrière une pierre, et ils s'imaginent que le malheur ne les voit pas.

*

Des bruits inquiétants commençaient à se répandre. On disait que le crédit de la banque était entamé. Le banquier avait beau affecter l'assurance avec ses clients, certains plus soupçonneux redemandèrent leurs fonds. M. Jeannin se sentit perdu ; il se défendit en désespéré, jouant de l'indignation, se plaignant avec hauteur, avec amertume, qu'on se défiât de lui ; il alla jusqu'à faire à d'anciens clients des scènes violentes, qui le coulèrent définitivement dans l'opinion. Les demandes de remboursement affluèrent. Acculé, aux abois, il perdit complètement la tête. Il fit un court voyage, alla jouer ses derniers billets de banque dans une ville d'eaux voisine, se fit tout rafler en un quart d'heure, et revint.

Son départ inopiné avait achevé de bouleverser la petite ville, où l'on disait déjà qu'il était en fuite ; Mme Jeannin avait eu grand'peine à tenir tête à l'inquiétude furieuse des gens : elle les suppliait de prendre patience, elle leur jurait que son mari allait revenir. Ils n'y croyaient guère, bien qu'ils voulussent y croire. Aussi, quand on sut qu'il était revenu, ce fut un soulagement général : beaucoup ne furent pas loin de penser qu'ils s'étaient inquiétés à tort, et que les Jeannin étaient trop malins pour ne pas se tirer toujours d'un mauvais pas, en admettant qu'ils y fussent tombés. L'attitude du banquier confirmait cette impression. Maintenant qu'il n'avait plus de doute sur ce qu'il lui restait à faire, il semblait fatigué, mais très calme. Sur l'avenue de la gare, en descendant du train, il causa tranquillement avec quelques amis qu'il rencontra, de la campagne qui manquait d'eau depuis des semaines, des vignes qui étaient superbes, et de la chute du ministère qu'annonçaient les journaux du soir.

Arrivé à la maison, il feignit de ne point tenir compte de l'agitation de sa femme, accourue auprès de lui, et qui lui racontait avec une volubilité confuse ce qui s'était passé pendant son absence. Elle tâchait de lire sur ses traits s'il avait réussi à détourner le danger inconnu ; elle ne lui demanda pourtant rien, par orgueil : elle attendait qu'il lui en parlât le premier. Mais il ne dit pas un mot de ce qui les tourmentait tous deux. Il écarta silencieusement le désir qu'elle avait de se confier à lui et d'attirer ses confidences. Il parla de la chaleur, de sa fatigue, il se plaignit d'un mal de tête fou ; et l'on se mit à table, comme à l'ordinaire.

Il causait peu, las, absorbé, le front plissé ; il tapotait des doigts sur la nappe ; il s'efforçait de manger, se sachant observé, et regardait avec des yeux lointains ses enfants intimidés par le silence, et sa femme raidie dans son amour-propre blessé, qui, sans le regarder, épiait tous ses gestes. Vers la fin du dîner, il sembla se réveiller ; il essaya de causer avec Antoinette et avec Olivier ; il leur demanda ce qu'ils avaient fait, pendant son voyage ; mais il n'écoutait pas leurs réponses, il n'écoutait que le son de leur voix ; et, bien qu'il eût les yeux fixés sur eux, son regard était ailleurs. Olivier le sentit : il s'arrêtait au milieu de ses petites histoires, et il n'avait pas envie de continuer. Mais chez Antoinette, après un moment de gêne, la gaieté avait pris le dessus : elle bavardait, comme une pie joyeuse, posant sa main sur la main de son père, ou lui touchant le bras, pour qu'il écoutât bien ce qu'elle lui racontait. M. Jeannin se taisait ; ses yeux allaient d'Antoinette à Olivier, et le pli de son front se creusait. Au milieu d'un récit de la fillette, il n'y tint plus, il se leva de table, et alla vers la fenêtre, pour cacher son émotion. Les enfants plièrent leurs serviettes, et se levèrent aussi. Mme Jeannin les envoya jouer au jardin ; on les entendit aussitôt se poursuivre dans les allées, en poussant des cris aigus. Mme Jeannin regardait son mari, qui lui tournait le dos, et elle allait autour de la table, comme pour ranger quelque chose. Brusquement, elle se rapprocha de lui, et lui dit, d'une voix étouffée par la peur que les domestiques n'entendissent et par sa propre angoisse :

— Enfin, Antoine, qu'est-ce que tu as ? Tu as quelque chose... Si tu caches quelque chose... Est-ce qu'il y a un malheur ? Est-ce que tu es souffrant ?

Mais M. Jeannin, encore une fois, l'écarta, haussant les épaules avec impatience, et disant d'un ton dur :

— Non ! Non, je te dis ! Laisse-moi !

Elle s'éloigna, indignée ; elle se disait, dans sa colère aveugle, qu'il pouvait bien arriver n'importe quoi à son mari, qu'elle ne s'en inquiéterait plus.

M. Jeannin descendit au jardin. Antoinette continuait ses folies et houspillait son frère, afin de le faire courir. Mais l'enfant déclara tout à coup qu'il ne voulait plus jouer ; et il s'accouda sur le mur de la terrasse, à quelques pas de son père. Antoinette essaya de le taquiner encore ; mais il la repoussa, en boudant ; alors, elle lui dit quelques impertinences ; et, puisqu'il n'y avait plus rien à faire ici pour s'amuser, elle rentra à la maison, et se mit à son piano.

M. Jeannin et Olivier restèrent seuls.

— Qu'est-ce que tu as, petit ? Pourquoi ne veux-tu plus jouer ? demanda le père, doucement.

— Je suis fatigué, papa.

– Bien. Alors, asseyons-nous un peu sur le banc, tous les deux.

Ils s'assirent. Une belle nuit de septembre. Le ciel limpide et obscur. L'odeur sucrée des pétunias se mêlait à l'odeur fade et un peu corrompue du canal sombre, qui dormait au pied du mur de la terrasse. Des papillons du soir, de grands sphinx blonds, battaient des ailes autour des fleurs, avec un ronflement de petit rouet. Les voix calmes des voisins assis devant leurs portes, de l'autre côté du canal, résonnaient dans le silence. Dans la maison, Antoinette jouait sur son piano des cavatines à fioritures italiennes. M. Jeannin tenait la main d'Olivier dans sa main. Il fumait. L'enfant voyait dans l'obscurité qui lui dérobait peu à peu les traits de son père la petite lumière de la pipe, qui se rallumait, s'éteignait par bouffées, se rallumait, finit par s'éteindre tout à fait. Ils ne causaient point. Olivier demanda le nom de quelques étoiles. M. Jeannin, assez ignorant des choses de la nature, comme presque tous les bourgeois de province, n'en connaissait aucun, à part les grandes constellations, que personne n'ignore ; mais il feignit de croire que c'était de celles-là que l'enfant s'informait ; et il les lui nomma. Olivier ne réclama point : il avait toujours plaisir à entendre et à répéter à mi-voix leurs beaux noms mystérieux. D'ailleurs, il cherchait moins à savoir qu'à se rapprocher instinctivement de son père. Ils se turent. Olivier, la tête appuyée au dossier du banc, la bouche ouverte, regardait les étoiles ; et il s'engourdissait : la tiédeur de la main de son père le pénétrait. Brusquement, cette main se mit à trembler. Olivier trouva cela drôle, et dit, d'une voix riante et ensommeillée :

– Oh ! comme ta main tremble, papa !

M. Jeannin retira sa main.

Après un moment, Olivier, dont la petite tête continuait à travailler toute seule, dit :

– Est-ce que tu es fatigué, aussi, papa ?

– Oui, mon petit.

La voix affectueuse de l'enfant reprit :

– Il ne faut pas tant te fatiguer, papa.

M. Jeannin attira à lui la tête d'Olivier, et l'appuya contre sa poitrine, en murmurant :

– Mon pauvre petit !...

Mais déjà les pensées d'Olivier avaient pris un autre cours. L'horloge de la tour sonnait huit heures. Il se dégagea, et dit :

– Je vais lire.

Le jeudi, il avait la permission de lire, une heure après dîner, jusqu'au moment de se coucher : c'était son plus grand bonheur ; et rien au monde n'eût été capable de lui en faire sacrifier une minute.

M. Jeannin le laissa partir. Il se promena encore, de long en large, sur la terrasse obscure. Puis il rentra, à son tour.

Dans la chambre, autour de la lampe, les enfants et la mère étaient réunis. Antoinette cousait un ruban à un corsage, sans cesser un instant de parler ou de chantonner, au grand mécontentement d'Olivier, qui, assis devant son livre, les sourcils froncés et les coudes sur la table, s'enfonçait les poings dans les oreilles pour ne rien entendre. Mme Jeannin ravaudait des bas, et causait avec la vieille bonne, qui, debout à côté d'elle, lui faisait le compte des dépenses de la journée, et profitait de l'occasion pour bavarder ; elle avait toujours des histoires amusantes à raconter, dans un argot impayable, qui les faisait éclater de rire, et qu'Antoinette s'efforçait d'imiter. M. Jeannin les regarda en silence. Personne ne fit attention à lui. Il resta indécis, un moment, il s'assit, prit un livre, l'ouvrit au hasard, le referma, se leva : décidément, il ne pouvait rester. Il alluma une bougie, et dit bonsoir, il s'approcha des enfants, les embrassa avec effusion : ils y répondirent distraitement, sans lever les yeux vers lui, – Antoinette occupée de son ouvrage, et Olivier de son livre. Olivier n'écarta même pas ses mains de ses oreilles, et grogna un bonsoir ennuyé, en continuant sa lecture : – quand il lisait, un des siens fût tombé dans le feu, qu'il ne se serait pas dérangé. – M. Jeannin sortit de la chambre. Il s'attardait encore dans la salle à côté. Sa femme vint peu après, la bonne étant partie, pour ranger des draps dans une armoire. Elle fit semblant de ne pas le voir. Il hésita, puis vint à elle, et dit :

– Je te demande pardon. Je t'ai parlé un peu brusquement, tout à l'heure.

Elle avait envie de lui dire :

– Mon pauvre homme, je ne t'en veux pas ; mais qu'est-ce que tu as donc ? Dis-moi donc ce qui te fait souffrir !

Mais elle dit, trop heureuse de prendre sa revanche :

– Laisse-moi tranquille ! Tu es d'une brutalité odieuse avec moi. Tu me traites, comme tu ne traiterais pas une domestique.

Et elle continua sur ce ton, énumérant ses griefs, avec une volubilité âpre et rancunière.

Il eut un geste lassé, sourit amèrement, et la quitta.

*

Personne n'entendit le coup de revolver. Le lendemain seulement, quand on apprit ce qui s'était passé, les voisins se rappelèrent avoir perçu, vers le milieu de la nuit, dans le silence de la rue, un bruit sec, comme un claquement de fouet. Ils n'y prirent pas garde. La paix de la nuit retomba aussitôt sur la ville, enveloppant dans ses plis lourds les vivants et les morts.

Mme Jeannin, qui dormait, se réveilla, une ou deux heures plus tard. Ne voyant pas son mari auprès d'elle, elle se leva inquiète, elle parcourut toutes les pièces, descendit à l'étage au-dessous, alla aux bureaux de la banque, qui étaient dans un corps de bâtiment contigu à la maison ; et là, dans le cabinet de M. Jeannin, elle le trouva dans son fauteuil, écroulé sur sa table de travail, au milieu de son sang, qui gouttait encore sur le plancher. Elle poussa un cri perçant, laissa tomber la bougie qu'elle tenait, et perdit connaissance. De la maison, on l'entendit. Les domestiques accoururent, la relevèrent, prirent soin d'elle, et portèrent le corps de M. Jeannin sur un lit. La chambre des enfants était fermée. Antoinette dormait comme une bienheureuse. Olivier entendit un bruit de voix et de pas : il eût voulu savoir ; mais il craignit de réveiller sa sœur, et il se rendormit.

Le lendemain matin, la nouvelle courait déjà la ville, avant qu'ils sussent rien. Ce fut la vieille bonne qui la leur apprit, en larmoyant. Leur mère était hors d'état de penser à quoi que ce fût ; sa santé donnait des inquiétudes. Les deux enfants se trouvèrent seuls, en présence de la mort. Dans ces premiers moments, leur épouvante était encore plus forte que leur douleur. Au reste, on ne leur laissa point le temps de pleurer en paix. Dès le matin, commencèrent les cruelles formalités judiciaires. Antoinette, réfugiée dans sa chambre, tendait toutes les forces de son égoïsme juvénile vers une pensée unique, seule capable de l'aider à repousser l'horreur qui la suffoquait : la pensée de son ami ; elle attendait sa visite, d'heure en heure. Jamais il n'avait été plus empressé pour elle que la dernière fois qu'elle l'avait vu : elle ne doutait pas qu'il n'accourût, pour prendre part à son chagrin. – Mais personne ne vint. Aucun mot de personne. Aucune marque de sympathie. En revanche, dès la première nouvelle du suicide, des gens qui avaient confié leur argent au banquier se précipitèrent chez les Jeannin, forcèrent la porte et, avec une férocité impitoyable, firent des scènes furieuses à la femme et aux enfants.

En quelques jours, s'accumulèrent toutes les ruines : perte d'un être cher, perte de toute fortune, de toute situation, de l'estime publique, abandon des amis. Écroulement total. Rien ne resta debout de ce qui les faisait vivre. Ils avaient, tous les trois, un sentiment intransigeant de pureté morale, qui les faisait d'autant plus souffrir d'un déshonneur, dont ils étaient innocents. Des trois, la plus ravagée par la douleur fut Antoinette, parce qu'elle en était le plus loin : Mme Jeannin et Olivier, si déchirés qu'ils fussent, n'étaient pas étrangers à ce monde de la souffrance. Pessimistes d'instinct, ils étaient moins surpris qu'accablés. La pensée de la mort avait toujours été pour eux un refuge : elle l'était plus que jamais, maintenant ; ils souhaitaient de mourir. Lamentable résignation sans doute, mais pourtant moins terrible que la révolte d'un être jeune, confiant, heureux, aimant vivre, qui se voit brusquement acculé à ce désespoir sans fond, ou à cette mort qui lui fait horreur…

Antoinette découvrit d'un seul coup la laideur du monde. Ses yeux s'ouvrirent : elle vit la vie ; elle jugea son père, sa mère, son frère. Tandis qu'Olivier et Mme Jeannin pleuraient ensemble, elle s'isolait dans sa douleur, Sa petite cervelle désespérée réfléchissait sur le passé, le présent, l'avenir ; et elle vit qu'il n'y avait plus rien pour elle, aucun espoir, aucun appui : elle n'avait plus à compter sur personne.

L'enterrement eut lieu, lugubre, honteux. L'église avait refusé de recevoir le corps du suicidé. La veuve et les orphelins furent laissés seuls par la lâcheté de leurs anciens amis. À peine deux ou trois se montrèrent, un moment ; et leur attitude gênée fut plus pénible encore que l'absence des autres. Ils semblaient faire une grâce en venant, et leur silence était gros de blâmes et de pitié méprisante. Du côté de la famille, ce fut bien pis : non seulement, il ne leur vint de là aucune parole consolante, mais des reproches amers. Le suicide du banquier, loin d'assourdir les rancunes, semblait à peine moins criminel que sa faillite. La bourgeoisie ne pardonne pas à ceux qui se tuent. Qu'on préfère la mort à la plus ignoble vie lui paraît monstrueux ; elle appellerait volontiers toutes les rigueurs de la loi sur celui qui semble dire :

— Il n'y a pas de malheur qui vaille celui de vivre avec vous.

Les plus lâches ne sont pas les moins empressés à taxer son acte de lâcheté. Et quand celui qui se tue lèse, par-dessus le marché, en se raturant de la vie, leurs intérêts et leur vengeance, ils deviennent furieux. – Pas un instant, ils ne songeaient à ce que le malheureux Jeannin avait dû souffrir pour en arriver là. Ils eussent voulu le faire souffrir mille fois davantage. Et, comme il leur échappait, ils reportaient sur les siens leur réprobation. Ils ne se l'avouaient pas : car ils savaient que c'était injuste. Mais ils ne l'en faisaient pas moins ; car il leur fallait une victime.

Mme Jeannin, qui ne semblait plus bonne à rien qu'à gémir retrouvait son énergie, quand on attaquait son mari. Elle découvrait maintenant combien elle l'avait aimé ; et ces trois êtres, qui n'avaient aucune idée de ce qu'ils deviendraient le lendemain, furent d'accord pour renoncer à la dot de la mère, à leur fortune personnelle, afin de rembourser, autant que possible, les dettes du père. Et, ne pouvant plus rester dans le pays, ils décidèrent d'aller à Paris.

*

Le départ fut comme une fuite.

La veille au soir, – (un triste soir de la fin de septembre : les champs disparaissaient sous les grands brouillards blancs d'où surgissaient, des deux côtés de la route, à mesure qu'on avançait, les squelettes des buissons ruisselants, comme des plantes d'aquarium), – ils allèrent ensemble dire adieu au cimetière. Ils s'agenouillèrent tous trois sur l'étroite margelle de pierre, qui entourait la fosse fraîchement remuée. Leurs larmes coulaient en silence : Olivier avait le hoquet ; Mme Jeannin se mouchait désespérément. Elle ajoutait à sa douleur, elle se torturait, à se répéter inlassablement les paroles qu'elle avait dites à son mari, la dernière fois qu'elle l'avait vu vivant. Olivier songeait à l'entretien sur le banc de la terrasse. Antoinette songeait à ce qui adviendrait d'eux. Aucun n'avait l'ombre d'un reproche dans le cœur pour l'infortuné, qui les avait perdus avec lui. Mais Antoinette pensait :

– Ah ! cher papa, comme nous allons souffrir !

Le brouillard s'obscurcissait, l'humidité les pénétrait. Mais Mme Jeannin ne pouvait se décider à partir. Antoinette vit Olivier qui frissonnait, et elle dit à sa mère :

– Maman, j'ai froid.

Ils se levèrent. Au moment de s'en aller, Mme Jeannin se retourna, une dernière fois, vers la tombe :

– Mon pauvre ami ! fit-elle.

Ils sortirent du cimetière, dans la nuit qui tombait. Antoinette tenait dans sa main la main glacée d'Olivier.

Ils rentrèrent dans la vieille maison. C'était leur dernière nuit dans le nid, où ils avaient toujours dormi, où leur vie s'était passée, et la vie de leurs parents, – ces murs, ce foyer, ce petit carré de terre, auxquels s'étaient liées si indissolublement toutes les joies et les douleurs de la famille qu'il semblait qu'ils fussent aussi de la famille, qu'ils fissent partie de leur vie, et qu'on ne pût les quitter que pour mourir.

Leurs malles étaient faites. Ils devaient prendre le premier train du lendemain, avant que les boutiques des voisins fussent ouvertes : ils voulaient éviter la curiosité et les commentaires malveillants. – Ils avaient besoin de se serrer l'un contre l'autre ; et pourtant, chacun alla d'instinct dans sa chambre, et s'y attarda : ils restaient debout, sans bouger, ne pensant même pas à ôter leur chapeau et leur manteau, touchant les murs, les meubles, tout ce qu'ils allaient quitter, appuyant leur front contre les vitres, essayant de prendre et de garder en eux le contact des choses aimées. Enfin, chacun fit effort pour s'arracher à l'égoïsme de ses pensées douloureuses, et ils se ré-unirent dans la chambre de Mme Jeannin, – la chambre fami-liale, avec une grande alcôve au fond : c'était là qu'autrefois ils se réunissaient le soir, après dîner, quand il n'y avait pas de visi-tes. Autrefois !...Cela leur semblait si lointain, déjà ! – Ils restè-rent sans parler, autour du maigre feu ; puis, ils dirent la prière ensemble, agenouillés devant le lit ; et ils se couchèrent très tôt, car il fallait être levés avant l'aube. Mais ils furent longtemps, avant que le sommeil vînt.

Vers quatre heures du matin, Mme Jeannin, qui, toutes les heures, avait regardé à sa montre s'il n'était pas temps de se préparer, alluma sa bougie et se leva. Antoinette, qui n'avait guère dormi, l'entendit et se leva aussi. Olivier était plongé dans un profond sommeil. Mme Jeannin le regarda avec émotion, et ne put se décider à le réveiller. Elle s'éloigna sur la pointe des pieds, et dit à Antoinette :

– Ne faisons pas de bruit : que le pauvre petit jouisse de ses dernières minutes ici !

Les deux femmes achevèrent de s'habiller et de finir les paquets. Autour de la maison, planait le grand silence des nuits où il fait froid, et où tout ce qui vit, les hommes et les bêtes, s'enfonce plus avidement dans le tiède sommeil. Antoinette claquait des dents : son cœur et son corps étaient glacés.

La porte d'entrée résonna dans l'air gelé. La vieille bonne, qui avait la clef de la maison, venait une dernière fois servir ses maîtres. Petite et grosse, le souffle court, et gênée par son embonpoint, mais singulièrement leste pour son âge, elle se montra, avec sa bonne figure emmitouflée, le nez rouge, et les yeux larmoyants. Elle fut désolée de voir que Mme Jeannin s'était levée sans l'attendre, et qu'elle avait allumé le fourneau de la cuisine. – Olivier s'éveilla, comme elle entrait. Son premier mouvement fut de refermer les yeux, et de se retourner dans ses couvertures, pour se rendormir. Antoinette vint poser doucement sa main sur l'épaule de son frère, et elle l'appela à mi-voix :

– Olivier, mon petit, il est temps.

Il soupira, ouvrit les yeux, vit le visage de sa sœur penché vers le sien : elle lui sourit mélancoliquement, et lui caressa le front avec sa main. Elle répétait :

– Allons !

Il se leva.

Ils sortirent de la maison, sans bruit, comme des voleurs. Chacun d'eux avait des paquets à la main. La vieille bonne les précédait, roulant leur malle sur une brouette. Ils laissaient presque tout ce qu'ils avaient ; ils n'emportaient, pour ainsi dire, que ce qu'ils avaient sur le corps, et quelques vêtements. De pauvres souvenirs devaient leur être expédiés plus tard, par la petite vitesse : quelques livres, des portraits, l'antique pendule, dont le battement leur semblait le battement même de leur vie... L'air était aigre. Personne n'était encore levé dans la ville ; les volets étaient clos, les rues vides. Ils se taisaient. La domestique seule parlait. Mme Jeannin cherchait à graver en elle, pour la dernière fois, ces images qui lui rappelaient tout son passé.

À la gare, Mme Jeannin, par amour-propre, prit des secondes classes, bien qu'elle se fût promis de prendre des troisièmes ; mais elle n'eut pas le courage de cette humiliation, en présence des deux ou trois employés du chemin de fer, qui la connaissaient. Elle se faufila précipitamment dans un compartiment vide, et s'y enferma, avec les petits. Cachés derrière les rideaux, ils tremblaient de voir apparaître une figure de connaissance. Mais personne ne se montra : la ville s'éveillait à peine, à l'heure où ils partaient ; le train était désert ; il n'y avait que trois ou quatre paysans, et des bœufs, qui, la tête passée par-dessus la barrière du wagon, mugissaient avec mélancolie. Après une longue attente, la locomotive siffla longuement, et le train s'ébranla dans le brouillard. Les trois émigrants écartèrent les rideaux, et, le visage collé contre la vitre, regardèrent une dernière fois la petite ville, dont la tour gothique se voyait à peine au travers du voile de brume, la colline couverte de chaumes, les prairies blanches de givre et fumantes : c'était déjà un paysage de rêve, lointain, à peine existant. Et quand il eut disparu, à un détour de la voie, qui s'engageait dans une tranchée, sûrs de n'être plus observés, ils ne se contraignirent plus. Mme Jeannin, son mouchoir appuyé sur sa bouche, sanglotait. Olivier s'était jeté sur elle, et, la tête sur les genoux de sa mère, il lui couvrait les mains de larmes et de baisers. Antoinette, assise à l'autre coin du compartiment et tournée vers la fenêtre, pleurait silencieusement. Ils ne pleuraient pas tous trois pour la même raison. Mme Jeannin et Olivier ne pensaient qu'à ce qu'ils laissaient derrière eux. Antoinette pensait bien davantage à ce qu'ils allaient trouver : elle se le reprochait ; elle eût voulu s'absorber dans ses souvenirs... – Elle avait raison de songer à l'avenir : elle avait une vue plus exacte des choses que sa mère et son frère. Ils se faisaient des illusions sur Paris. Antoinette elle-même était loin de se douter de ce qui les y attendait. Ils n'y étaient jamais venus. Mme Jeannin avait à Paris une sœur richement mariée avec un magistrat ; et elle comptait sur son aide. Elle était convaincue d'ailleurs que ses enfants, avec l'éducation qu'ils avaient reçue, et leurs dons naturels, sur lesquels elle se trompait, comme toutes les mères, n'auraient point de peine à gagner honorablement leur vie.

*

L'impression d'arrivée fut sinistre. Dès la gare, ils furent consternés par la bousculade des gens dans la salle des bagages, et le tumulte des voitures enchevêtrées devant la sortie. Il pleuvait. On ne pouvait trouver de fiacre. Il fallut courir loin, les bras cassés par les paquets trop lourds, qui les forçaient à s'arrêter au milieu de la rue, au risque d'être écrasés ou éclaboussés par les voitures. Aucun cocher ne répondait à leurs appels. Enfin, ils réussirent à en arrêter un, qui menait une vieille patache d'une saleté repoussante. En hissant leurs paquets, ils laissèrent tomber un rouleau de couvertures dans la boue. Le facteur de la gare, qui portait leur malle, et le cocher abusèrent de leur ignorance, pour se faire payer double. Mme Jeannin avait donné l'adresse d'un de ces hôtels médiocres et chers, achalandés par les provinciaux, qui, parce qu'un de leurs grands-pères y alla trente ans auparavant, continuent d'y aller, malgré les inconvénients. On les y écorcha. L'hôtel était plein, disait-on : on les empila tous ensemble dans un étroit local, en leur comptant le prix de trois chambres. Au dîner, ils voulurent faire des économies, en évitant la table d'hôte ; ils se commandèrent un modeste menu, qui leur coûta aussi cher, et qui les affama. Dès les premières minutes de l'arrivée, leurs illusions étaient tombées. Et, dans cette première nuit d'hôtel, où, entassés dans une chambre sans air, ils n'arrivaient pas à dormir, ayant froid, ayant chaud, ne pouvant respirer, tressautant au bruit des pas dans le corridor, des portes qu'on fermait, des sonneries électriques, le cerveau meurtri par le roulement incessant des voitures et des lourds camions, ils eurent l'impression terrifiée de cette ville monstrueuse, où ils étaient venus se jeter, et où ils étaient perdus.

Le lendemain, Mme Jeannin courut chez sa sœur, qui habitait un luxueux appartement, boulevard Haussmann. Elle espérait, sans le dire, qu'on leur offrirait de les loger dans la maison, jusqu'à ce qu'ils fussent hors d'affaire. Le premier accueil suffit à la désabuser. Les Poyet-Delorme étaient furieux de la faillite de leur parent. La femme surtout, qui craignait qu'on ne la leur jetât à la tête et que cela ne nuisît à l'avancement de son mari, trouvait de la dernière indécence que la famille ruinée vînt s'accrocher à eux et les compromettre encore plus. Le magistrat pensait de même ; mais il était assez brave homme ; il eût été plus secourable, si sa femme n'y eût veillé, – ce dont il était bien aise. Mme Poyet-Delorme reçut sa sœur avec une froideur glaciale. Mme Jeannin en fut saisie ; elle se força à déposer sa fierté : elle laissa entendre à mots couverts les difficultés où elle se trouvait, et ce qu'elle eût souhaité des Poyet. On fit comme si on n'avait pas entendu. On ne les retint même pas à dîner pour le soir ; on les invita cérémonieusement pour la fin de la semaine. Encore l'invitation ne vint-elle pas de Mme Poyet, mais du magistrat, qui, un peu gêné lui-même de l'accueil de sa femme, tâcha d'en atténuer la sécheresse : il affectait de la bonhomie, mais on sentait qu'il n'était pas très franc, et qu'il était très égoïste. – Les malheureux Jeannin revinrent à l'hôtel, sans oser échanger leurs impressions sur cette première visite.

Ils passèrent les jours suivants à errer dans Paris, cherchant un appartement, harassés de monter les étages, écœurés de voir ces casernes où s'entassent les corps, ces escaliers malpropres, ces chambres sans lumière, si tristes après la grande maison de province. Ils étaient de plus en plus oppressés. Et c'était toujours le même ahurissement dans les rues, dans les magasins, dans les restaurants, qui les faisait duper par tous. Tout ce qu'ils demandaient coûtait un prix exorbitant ; on eût dit qu'ils avaient la faculté de transformer en or tout ce qu'ils touchaient : en or, qu'ils devaient payer. Ils étaient d'une maladresse inimaginable, et sans force pour se défendre.

Si peu qu'il lui restât d'espérances à l'égard de sa sœur, Mme Jeannin se forgeait encore des illusions sur le dîner, où ils étaient invités. Ils s'y préparèrent, avec des battements de cœur. Ils furent reçus en invités, et non pas en parents, – sans qu'on eût fait d'ailleurs d'autres frais pour le dîner, que ce ton cérémonieux. Les enfants virent leurs cousins, à peu près de leur âge, qui ne furent pas plus accueillants que le père et la mère. La fillette, élégante et coquette, leur parlait, en zézayant, d'un air de supériorité polie, avec des manières affectées et sucrées, qui les déconcertaient. Le garçon était assommé de cette corvée du dîner avec les parents pauvres ; et il fut aussi maussade que possible. Mme Poyet-Delorme, droite et raide sur sa chaise, semblait toujours, même quand elle offrait d'un plat, faire la leçon à sa sœur. M. Poyet-Delorme parlait de niaiseries, pour éviter qu'on parlât de choses sérieuses. L'insipide conversation ne sortait pas de ce qu'on mange, par crainte de tout sujet intime et dangereux. Mme Jeannin fit un effort pour amener l'entretien sur ce qui lui tenait à cœur : Mme Poyet-Delorme l'interrompit net, par une parole insignifiante. Elle n'eut plus le courage de recommencer.

Après le dîner, elle obligea sa fille à jouer un morceau de piano, pour montrer son talent. La petite, gênée, mécontente, joua horriblement. Les Poyet, ennuyés, attendaient qu'elle eût fini. Mme Poyet regardait sa fille avec un plissement de lèvres ironique ; et, comme la musique durait trop, elle se remit à causer de choses indifférentes avec Mme Jeannin. Enfin, Antoinette, qui avait complètement perdu pied dans son morceau, et qui s'apercevait avec terreur qu'à un certain passage, au lieu de continuer, elle avait repris au commencement, et qu'il n'y avait pas de raison pour qu'elle en sortît jamais, coupa court, et termina par deux accords qui n'étaient pas justes, et un troisième qui était faux. M. Poyet dit :

– Bravo !

Et il demanda le café.

Mme Poyet dit que sa fille prenait des leçons avec Pugno. La demoiselle, « qui prenait des leçons avec Pugno », dit :

– Très joli, ma petite...

et elle demanda où Antoinette avait étudié.

La conversation se traînait. Elle avait épuisé l'intérêt des bibelots du salon et des toilettes des dames Poyet. Mme Jeannin se répétait :

– C'est le moment de parler, il faut que je parle...

Et elle se crispait. Comme elle faisait un grand effort et allait se décider enfin, Mme Poyet glissa incidemment, d'un ton qui ne cherchait pas à s'excuser, qu'ils étaient bien fâchés, mais qu'ils devaient sortir vers neuf heures et demie : une invitation, qu'ils n'avaient pu remettre... Les Jeannin, froissés, se levèrent aussitôt pour partir. On fit mine de les retenir. Mais un quart d'heure après, quelqu'un sonna à la porte : le domestique annonça des amis des Poyet, des voisins, qui habitaient à l'étage au-dessous. Il y eut des coups d'œil échangés entre Poyet et sa femme, et des chuchotements précipités avec les domestiques. Poyet, bredouillant un prétexte quelconque, fit passer les Jeannin dans une chambre à côté. (Il voulait cacher à ses amis l'existence, et surtout la présence chez lui de la famille compromettante.) On laissa les Jeannin seuls, dans la chambre sans feu. Les enfants étaient hors d'eux, de ces humiliations. Antoinette avait les larmes aux yeux ; elle voulait qu'on partît. Sa mère lui résista d'abord : puis, l'attente se prolongeant, elle se décida. Ils sortirent. Dans l'antichambre, Poyet, averti par un domestique, les rattrapa, s'excusant par quelques paroles banales ; il feignit de vouloir les retenir ; mais on voyait qu'il avait hâte qu'ils fussent partis. Il les aida à passer leurs manteaux, les poussa vers la porte, avec des sourires, des poignées de main, des amabilités à voix basse, et il les mit dehors. – Rentrés dans leur hôtel, les enfants pleurèrent de rage. Antoinette trépignait, jurait qu'elle ne mettrait plus les pieds jamais chez ces gens.

Mme Jeannin prit un appartement au quatrième, dans le voisinage du jardin des Plantes. Les chambres donnaient sur les murs lépreux d'une cour obscure ; la salle à manger, et le salon – (car Mme Jeannin tenait à avoir un salon) – sur une rue populeuse. Tout le jour, passaient des tramways à vapeur, et des corbillards, dont la file allait s'engouffrer dans le cimetière d'Ivry. Des Italiens pouilleux, avec une racaille d'enfants, flânaient sur les bancs, ou se disputaient aigrement. On ne pouvait laisser les fenêtres ouvertes, à cause du bruit ; et, le soir, quand on revenait chez soi, il fallait fendre le flot d'une populace affairée et puante, traverser les rues encombrées, aux pavés boueux, passer devant une répugnante brasserie, installée au rez-de-chaussée de la maison voisine, et à la porte de laquelle des filles énormes et bouffies, aux cheveux jaunes, plâtrées et grasses de fard, dévisageaient les passants avec de sales regards.

Le maigre argent des Jeannin s'en allait rapidement. Ils constataient, chaque soir, avec un serrement de cœur, la brèche plus large qui s'ouvrait à leur bourse. Ils essayaient de se priver ; mais ils ne savaient pas : c'est une science, qu'il faut bien des années d'épreuves pour apprendre, quand on ne l'a point pratiquée depuis l'enfance. Ceux qui ne sont pas économes, de nature, perdent leur temps à vouloir l'être : dès qu'une nouvelle occasion de dépenser se présente, ils y cèdent ; l'économie est toujours pour la prochaine fois ; et quand par hasard ils gagnent ou croient avoir gagné la plus petite chose, ils se hâtent de faire servir le gain à des dépenses, dont le total finit par le dépasser dix fois.

Au bout de quelques semaines, les ressources des Jeannin se trouvaient épuisées. Mme Jeannin dut abdiquer tout reste d'amour-propre, et elle alla, à l'insu de ses enfants, faire une demande d'argent à Poyet. Elle s'arrangea de façon à le voir seul, dans son cabinet, et elle le supplia de lui avancer une petite somme, en attendant qu'ils eussent trouvé une situation qui leur permît de vivre. L'autre, qui était faible et assez humain, après avoir essayé de remettre sa réponse à plus tard, céda. Il avança deux cents francs, dans un moment d'émotion, dont il ne fut pas le maître ; il s'en repentit d'ailleurs aussitôt après, – surtout quand il lui fallut en convenir avec Mme Poyet, qui fut exaspérée contre la faiblesse de son mari et contre son intrigante de sœur.

*

Les Jeannin passèrent leurs journées à courir dans Paris, pour trouver une place. Mme Jeannin, avec ses préjugés de bourgeoise riche de province, ne pouvait admettre, pour elle et pour ses enfants, d'autre profession que celles qu'on nomme « libérales », – sans doute parce qu'on y meurt de faim. Même, elle n'eût point permis que sa fille se plaçât comme institutrice dans une famille. Il n'y avait que les professions officielles, au service de l'État, qui ne lui parussent pas déshonorantes. Il fallait trouver moyen qu'Olivier achevât son éducation, pour devenir professeur. À l'égard d'Antoinette, Mme Jeannin eût voulu qu'elle entrât dans une institution d'enseignement, pour y donner des leçons, ou au Conservatoire, pour avoir un prix de piano. Mais les institutions auxquelles elle s'adressa étaient toutes pourvues de professeurs, qui avaient de bien autres titres que sa fille, avec son pauvre petit brevet élémentaire ; et quant à la musique, il fallut reconnaître que le talent d'Antoinette était des plus ordinaires, comparé à celui de tant d'autres, qui ne réussissaient même pas à percer. Ils découvrirent l'effroyable lutte pour la vie et la consommation insensée que Paris fait de talents petits et grands, dont elle n'a que faire.

Les deux enfants prirent un découragement, une défiance exagérée de leur valeur : ils se crurent médiocres ; ils s'acharnaient à se le prouver, à le prouver à leur mère. Olivier, qui, dans son collège de province, n'avait point de peine à passer pour un aigle, était anéanti par ces épreuves : il semblait avoir perdu possession de tous ses dons. Au lycée où on le mit, et où il avait réussi à obtenir une bourse, son classement fut si désastreux dans les premiers temps qu'on lui enleva sa bourse. Il se crut tout à fait stupide. En même temps, il avait l'horreur de Paris, de ce grouillement d'êtres, de l'immoralité dégoûtante de ses camarades, de leurs conversations ignobles, de la bestialité de quelques-uns d'entre eux, qui ne lui épargnaient pas d'abominables propositions. Il n'avait même pas la force de leur dire son mépris. Il se sentait avili par la seule pensée de leur avilissement. Il se réfugiait avec sa mère et sa sœur dans les prières passionnées qu'ils faisaient ensemble, chaque soir, après chaque journée nouvelle de déceptions et d'humiliations intimes, qui semblaient une souillure à ces cœurs innocents, et qu'ils n'osaient même pas se raconter. Mais, au contact de l'esprit d'athéisme latent, qu'on respire à Paris, la foi d'Olivier commençait à s'effriter, sans qu'il s'en aperçût, comme une chaux trop fraîche tombe des murs, au souffle de la pluie. Il continuait de croire ; mais autour de lui, Dieu mourait.

Sa mère et sa sœur poursuivaient leurs courses inutiles. Mme Jeannin était retournée voir les Poyet, qui, désireux de se débarrasser d'eux, leur offrirent des places. Il s'agissait pour Mme Jeannin d'entrer comme lectrice chez une vieille dame, qui passait l'hiver dans le Midi. Pour Antoinette, on lui trouvait un poste d'institutrice chez une famille de l'Ouest de la France, qui vivait toute l'année à la campagne. Les conditions n'étaient pas trop mauvaises ; mais Mme Jeannin refusa. Plus encore qu'à

l'humiliation de servir elle-même, elle s'opposait à ce que sa fille
y fût réduite, et surtout à ce qu'Antoinette fût éloignée d'elle. Si
malheureux qu'ils fussent, et justement parce qu'ils étaient
malheureux, ils voulaient rester ensemble. – Mme Poyet le prit
très mal. Elle dit que, quand on n'avait pas les moyens de vivre,
il ne fallait pas faire les orgueilleux. Mme Jeannin ne put
s'empêcher de lui reprocher son manque de cœur. Mme Poyet dit
des paroles blessantes sur la faillite, et sur l'argent que
Mme Jeannin lui devait. Elles se séparèrent, brouillées à mort.
Toutes relations furent cassées. Mme Jeannin n'eut plus qu'un
désir : rendre l'argent qu'elle avait emprunté. Mais elle ne le
pouvait pas.

Les vaines démarches continuèrent. Mme Jeannin alla voir
le député et le sénateur de son département, à qui M. Jeannin
avait maintes fois rendu service. Partout, elle se heurta à
l'ingratitude et à l'égoïsme. Le député ne répondit même pas
aux lettres, et, quand elle vint sonner à sa porte, fit dire qu'il
était sorti. Le sénateur lui parla avec une commisération grossière de sa situation qu'il imputa à « ce misérable Jeannin »,
dont il flétrit durement le suicide. Mme Jeannin prit la défense
de son mari. Le sénateur dit qu'il savait bien que ce n'était pas
par malhonnêteté, mais par bêtise, que le banquier avait agi,
que c'était un niais, un pauvre hanneton, ne voulant jamais en
faire qu'à sa tête, sans demander conseil à personne, et sans
écouter aucun avertissement. S'il s'était perdu seul, on n'aurait
rien à dire : ce serait bien fait ! Mais, – sans parler des autres
ruines, – qu'il eût jeté sa femme et ses enfants dans la misère, et
qu'ensuite il les plantât là, les laissant se débrouiller comme ils
pourraient..., cela, c'était affaire à Mme Jeannin de le lui pardonner, si elle était une sainte ; mais lui, sénateur, qui n'était
pas un saint – (s, a, i, n, t), – qui se flattait d'être seulement un
homme sain – (s, a, i, n), – un homme sain, sensé et raisonnable, – lui, n'avait aucun motif pour pardonner : l'individu qui se
suicidait en pareil cas était un misérable. La seule circonstance
atténuante qu'on pût plaider pour Jeannin, c'était qu'il n'était

pas tout à fait responsable. Là-dessus, il s'excusa auprès de Mme Jeannin, de s'être exprimé d'une façon un peu vive sur le compte du mari : il en donna pour cause la sympathie qu'il avait pour elle : et, ouvrant son tiroir, il lui offrit un billet de cinquante francs, – une aumône, – qu'elle refusa.

Elle chercha une place dans les bureaux d'une grande administration. Ses démarches étaient maladroites et sans suite. Elle prenait tout son courage pour en faire une ; puis, elle revenait si démoralisée que, pendant plusieurs jours, elle n'avait plus la force de bouger ; et, quand elle se remettait en marche, il était trop tard. Elle ne trouva pas plus de secours auprès des gens d'église, soit que ceux-ci n'y vissent pas leur avantage, soit qu'ils se désintéressassent d'une famille ruinée, dont le père était notoirement anticlérical. Tout ce que Mme Jeannin réussit à trouver, après mille efforts, fut une place de professeur de piano dans un couvent, – métier ingrat et ridiculement payé. Afin de gagner un peu plus, elle faisait de la copie, le soir, pour une agence. On était très dur pour elle. Son écriture et son étourderie, qui lui faisaient sauter un mot, une ligne, malgré son application – (elle pensait à tant d'autres choses !) – lui attirèrent des observations blessantes. Il arriva qu'après s'être brûlé les yeux et courbaturée à écrire jusqu'au milieu de la nuit, elle se vit refuser sa copie. Elle rentrait, bouleversée. Elle passait des journées à gémir, sans prendre aucun parti. Depuis longtemps, elle souffrait d'une maladie de cœur, que les épreuves avaient aggravée, et qui lui inspirait de sinistres pressentiments. Elle avait parfois des angoisses, des étouffements, comme si elle allait mourir. Elle ne sortait plus sans avoir dans sa poche son nom et son adresse écrits, au cas où elle viendrait à tomber dans la rue. Qu'arriverait-il, si elle disparaissait ? Antoinette la soutenait, comme elle pouvait, affectant une tranquillité qu'elle n'avait pas ; elle la suppliait de se ménager, de la laisser travailler à sa place. Mais Mme Jeannin mettait les derniers restes de son orgueil à ce qu'au moins sa fille ne connût point les humiliations dont elle avait à souffrir.

Elle avait beau s'épuiser et réduire encore leurs dépenses : ce qu'elle gagnait ne suffisait pas à les faire vivre. Il fallut vendre les quelques bijoux qu'on avait conservés. Et le pire fut que cet argent, dont on avait tant besoin, fut volé à Mme Jeannin, le jour même qu'elle venait de le toucher. La pauvre femme, qui était d'une étourderie perpétuelle, s'était avisée, pour utiliser sa course, d'entrer au Bon Marché, qui se trouvait sur son passage ; c'était, le lendemain, la fête d'Antoinette, et elle voulait lui faire un petit cadeau. Elle tenait son porte-monnaie à la main, afin de ne pas le perdre. Elle le déposa machinalement, une seconde, sur un comptoir, tandis qu'elle examinait un objet. Quand elle voulut le reprendre, le porte-monnaie avait disparu. – Ce fut le dernier coup.

Peu de jours après, un soir étouffant de la fin d'août, – une buée grasse d'étuve traînait pesamment sur la ville, – Mme Jeannin rentra de son agence de copies, où elle avait eu un travail pressé à livrer. En retard pour le dîner, et voulant économiser les trois sous de l'omnibus, elle s'était exténuée à revenir trop vite, de peur que ses enfants ne fussent inquiets. Quand elle arriva à son quatrième étage, elle ne pouvait plus parler, ni respirer. Ce n'était pas la première fois qu'elle rentrait dans cet état ; les enfants avaient fini par ne plus s'en étonner. Elle se força à s'asseoir aussitôt à table avec eux. Ils ne mangeaient, ni l'un ni l'autre, écœurés par la chaleur ; il leur fallait faire effort pour avaler avec dégoût quelques bouchées de viande, quelques gorgées d'eau fade. Pour laisser à leur mère le temps de se remettre, ils ne causaient pas, – (ils n'avaient pas envie de causer), – ils regardaient la fenêtre.

Soudain, Mme Jeannin agita les mains, se cramponna à la table, regarda ses enfants, gémit, et s'affaissa. Antoinette et Olivier se précipitèrent juste à temps pour la recevoir dans leurs bras. Ils étaient comme fous, et criaient, suppliaient :

– Maman ! ma petite maman !

Mais elle ne répondait plus. Ils perdirent la tête. Antoinette serrait convulsivement le corps de sa mère, l'embrassait, l'appelait. Olivier ouvrit la porte de l'appartement et cria :

– Au secours !

La concierge grimpa l'escalier, et, quand elle vit ce qui était, elle courut chez un médecin du voisinage. Mais lorsque le médecin arriva, il ne put que constater que c'était fini. La mort avait été immédiate, – heureusement pour Mme Jeannin ; – (mais qui pouvait savoir ce qu'elle avait eu encore le temps de penser, dans ses dernières secondes, en se voyant mourir, et en laissant ses enfants dans la misère, seuls !...)

*

Seuls pour porter l'horreur de la catastrophe, seuls pour pleurer, seuls pour veiller aux soins affreux qui suivent la mort. La concierge, bonne femme, les aidait un peu ; et, du couvent, où Mme Jeannin donnait des leçons, vinrent quelques paroles de froide sympathie.

Les premiers moments furent d'un désespoir, que rien ne peut exprimer. La seule chose qui les sauva fut l'excès même de ce désespoir, qui fit tomber Olivier dans de véritables convulsions. Antoinette en fut distraite de sa propre souffrance ; elle ne pensa plus qu'à son frère ; et son profond amour pénétra Olivier, l'arracha aux dangereux transports, où la douleur l'eût entraîné. Enlacés l'un à l'autre, près du lit où reposait leur mère, à la lueur d'une veilleuse, Olivier répétait qu'il fallait mourir, mourir tous deux, mourir tout de suite ; et il montrait la fenêtre. Antoinette sentait aussi ce désir funeste, mais elle luttait contre : elle voulait vivre...

– À quoi bon ?

– Pour elle, dit Antoinette – (elle montrait sa mère). – Elle est toujours avec nous. Pense… Après tout ce qu'elle a souffert pour nous, il faut lui épargner la pire des douleurs, celle de nous voir mourir malheureux… Ah ! (reprit-elle, avec emportement)…Et puis, il ne faut pas se résigner ainsi ! Je ne veux pas ! Je me révolte, à la fin ! Je veux que tu sois heureux un jour !

– Jamais !

– Si, tu seras heureux. Nous avons eu trop de malheur. Cela changera ; il le faut. Tu te feras ta vie, tu auras une famille, tu auras du bonheur, je le veux, je le veux !

– Comment vivre ? Nous ne pourrons jamais…

– Nous pourrons. Que faut-il ? Vivre jusqu'à ce que tu puisses gagner ta vie. Je m'en charge. Tu verras, je saurai. Ah ! si maman m'avait laissé faire, j'aurais pu déjà…

– Que vas-tu faire ? Je ne veux pas que tu fasses des choses humiliantes. Tu ne pourrais pas, d'ailleurs…

– Je pourrai…Et il n'y a rien d'humiliant, – pourvu que ce soit honnête, – à gagner sa vie en travaillant. Ne t'inquiète pas, je t'en prie ! Tu verras, tout s'arrangera, tu seras heureux, nous serons heureux, mon Olivier, *elle* sera heureuse par nous…

Les deux enfants suivirent seuls le cercueil de leur mère. D'un commun accord, ils avaient décidé de ne rien dire aux Poyet : Les Poyet n'existaient plus pour eux, ils avaient été trop cruels pour leur mère, ils avaient contribué à sa mort. Et, quand la concierge leur avait demandé s'ils n'avaient pas d'autres parents, ils avaient répondu :

– Personne.

Devant la fosse nue, ils prièrent, la main dans la main. Ils se raidissaient dans une intransigeance et un orgueil désespérés, qui leur faisaient préférer la solitude à la présence de parents indifférents et hypocrites. – Ils revinrent à pied au milieu de cette foule étrangère à leur deuil, étrangère à leurs pensées, étrangère à tout leur être, et qui n'avait de commun avec eux que la langue qu'ils parlaient. Antoinette donnait le bras à Olivier.

Ils prirent dans la maison, au dernier étage, un tout petit appartement, – deux chambres mansardées, une antichambre minuscule, qui devait leur servir de salle à manger, et une cuisine grande comme un placard. Ils auraient pu trouver mieux dans un autre quartier ; mais il leur semblait qu'ici ils étaient encore avec leur mère. La concierge leur témoignait un intérêt apitoyé ; mais bientôt elle fut reprise par ses propres affaires, et personne ne s'occupa plus d'eux. Pas un locataire de la maison ne les connaissait ; et ils ne savaient même pas qui logeait à côté d'eux.

Antoinette obtint de remplacer sa mère, comme professeur de musique au couvent. Elle chercha d'autres leçons. Elle n'avait qu'une idée : élever son frère, jusqu'à ce qu'il entrât à l'École Normale. Elle avait décidé cela toute seule : elle avait étudié les programmes, elle s'était informée, elle avait tâché d'avoir aussi l'avis d'Olivier, – mais il n'en avait point, elle avait choisi pour lui. Une fois à l'École Normale il serait sûr de son pain, pour le reste de sa vie, et maître de son avenir. Il fallait qu'il y arrivât, il fallait vivre à tout prix jusque-là. C'étaient cinq à six années terribles : on en viendrait à bout. Cette idée prit chez Antoinette une force singulière, elle finit par la remplir tout entière. La vie de solitude et de misère qu'elle allait mener, et qu'elle voyait distinctement se dérouler devant elle, n'était possible que grâce à l'exaltation passionnée, qui s'empara d'elle : sauver son frère !

que son frère fût heureux si elle ne pouvait plus l'être !... Cette petite fille de dix-sept à dix-huit ans, frivole et tendre, fut transformée par sa résolution héroïque : il y avait en elle une ardeur de dévouement et un orgueil de la lutte, que personne n'eût soupçonnés, elle-même moins que tout autre. À cet âge de crise de la femme, ces premiers jours de printemps fiévreux, où les forces d'amour gonflent l'être et le baignent, comme un ruisseau caché qui bruit sous le sol, l'enveloppent, l'inondent, le tiennent dans un état d'obsession perpétuelle, l'amour prend toutes les formes ; il ne demande qu'à se donner, à s'offrir en pâture : tous les prétextes lui sont bons, et sa sensualité innocente et profonde est prête à se muer en tous les sacrifices. L'amour fit d'Antoinette la proie de l'amitié.

Son frère, moins passionné, n'avait pas ce ressort. D'ailleurs, c'était pour lui qu'on se dévouait, ce n'était pas lui qui se dévouait – ce qui est bien plus aisé et plus doux, quand on aime. Au contraire, il sentait peser sur lui le remords de voir sa sœur s'épuiser de fatigues. Il le lui disait. Elle répondait :

– Ah ! mon pauvre petit !... Mais tu ne vois donc pas que c'est cela qui me fait vivre ? Sans cette peine que tu me donnes, quelle autre raison aurais-je ?...

Il le comprenait bien. Lui aussi, à la place d'Antoinette, il eût été jaloux de cette chère peine ; mais être la cause de cette peine !... Son orgueil et son cœur en souffraient. Et quel poids écrasant pour un être faible comme lui, que la responsabilité dont on le chargeait, l'obligation de réussir, puisque sa sœur avait mis sur cette carte sa vie entière comme enjeu ? Une telle pensée lui était insupportable, et, loin de redoubler ses forces, l'accablait par moments. Cependant elle l'obligeait malgré tout à résister, à travailler, à vivre : ce dont il n'eût pas été capable, sans cette contrainte. Il avait une prédisposition à la défaite, – au suicide, peut-être : – peut-être y eût-il sombré, si sa sœur n'eût voulu pour lui qu'il fût ambitieux et heureux. Il souffrait de ce que sa nature était combattue ; et pourtant, c'était le salut. Lui aussi, traversait un âge de crise, cet âge redoutable, où succombent des milliers de jeunes gens, qui s'abandonnent aux aberrations de leurs sens, et, pour deux ou trois ans de folie, sacrifient irrémédiablement toute leur vie. S'il avait eu le temps de se livrer à sa pensée, il fût tombé dans le découragement, ou dans la dissipation : chaque fois qu'il lui arrivait de regarder en lui, il était repris par ses rêveries maladives, par le dégoût de la vie, de Paris, de l'impure fermentation de ces millions d'êtres qui se mêlent et pourrissent ensemble. Mais la vue de sa sœur dissipait ce cauchemar ; et puisqu'elle ne vivait que pour qu'il vécût, il vivrait, oui, il serait heureux, malgré lui...

*

Ainsi, leur vie fut bâtie sur une foi brûlante ; faite de stoïcisme, de religion, et de noble ambition. Tout l'être des deux enfants fut tendu vers ce but unique : le succès d'Olivier. Antoinette accepta toutes les tâches, toutes les humiliations : elle fut institutrice dans des maisons, où on la traitait presque en domestique ; elle devait escorter ses élèves en promenade, comme une bonne, trotter pendant des heures avec elles, dans les rues, sous prétexte de leur apprendre l'allemand. Son amour pour son frère, son orgueil même, trouvaient à ces souffrances morales et à ces fatigues une jouissance.

Elle rentrait harassée, pour s'occuper d'Olivier, qui passait la journée au lycée, comme demi-pensionnaire, et ne revenait que le soir. Elle préparait le dîner, sur le fourneau à gaz, ou sur une lampe à esprit-de-vin. Olivier n'avait jamais faim, et tout le dégoûtait, la viande lui causait une répulsion : il fallait le forcer à manger, ou s'ingénier à lui faire de petits plats qui lui plussent ; et la pauvre Antoinette n'était pas une fameuse cuisinière ! Après qu'elle s'était donné beaucoup de peine, elle avait la mortification de lui entendre déclarer que sa cuisine était immangeable. Ce ne fut qu'après bien des désespoirs devant son fourneau de cuisine, – de ces désespoirs silencieux, que connaissent les jeunes ménagères maladroites, et qui empoisonnent leur vie et leur sommeil parfois, sans que personne en sache rien, – qu'elle réussit à s'y connaître un peu.

Après le dîner, quand elle avait lavé le peu de vaisselle dont ils usaient – (il voulait l'aider dans cette besogne, mais elle n'y consentait point), – elle s'occupait maternellement du travail de son frère. Elle lui faisait réciter ses leçons, elle lisait ses devoirs, elle faisait même certaines recherches pour lui, en prenant garde toujours de ne pas froisser ce petit être susceptible. Ils passaient la soirée à leur unique table, qui leur servait à la fois pour prendre leurs repas, et pour écrire. Il faisait ses devoirs ; elle cousait ou faisait de la copie. Quand il était couché, elle s'occupait de l'entretien de ses vêtements, ou travaillait pour elle.

Quelles que fussent leurs difficultés à se tirer d'affaire, ils décidèrent que tout l'argent qu'ils réussiraient à mettre de côté servirait, avant tout, à les libérer de la dette, que leur mère avait contractée vis-à-vis des Poyet. Ce n'était pas que ceux-ci fussent des créanciers gênants : ils n'avaient pas donné signe de vie ; ils ne pensaient plus à cet argent, qu'ils croyaient définitivement perdu ; ils s'estimaient trop heureux d'être débarrassés à ce prix de leurs parents compromettants. Mais l'orgueil des deux enfants et leur piété filiale souffraient que leur mère dût rien à ces gens qu'ils méprisaient. Ils se privèrent ; ils liardèrent sur leurs moindres distractions, sur leurs vêtements, sur leur nourriture, pour arriver à amasser ces deux cents francs, – une somme énorme pour eux. Antoinette eût voulu être seule à se priver. Mais quand son frère devina son intention, rien ne put l'empêcher de faire comme elle. Ils s'épuisaient à cette tâche, heureux quand ils pouvaient mettre de côté quelques sous par jour.

À force de privations, en trois ans, sou par sou, ils parvinrent à réunir la somme. Ce fut une grande joie… Antoinette alla chez les Poyet, un soir. Elle fut reçue sans bienveillance : car ils croyaient qu'elle venait demander des secours. Ils jugèrent bon de prendre les devants, en lui reprochant sèchement de ne leur avoir donné aucune nouvelle, de ne leur avoir même pas appris la mort de sa mère, et de ne venir que quand elle avait besoin d'eux. Elle les interrompit, disant qu'elle n'avait pas l'intention de les déranger : elle venait simplement rapporter l'argent, qu'elle leur avait emprunté ; et, déposant sur la table les deux billets de banque, elle demanda quittance. Ils changèrent aussitôt de manières, et feignirent de ne pas vouloir accepter : ils éprouvaient pour elle cette affection subite, que ressent le créancier pour le débiteur qui lui rapporte, après des années, l'argent d'une créance sur laquelle il ne comptait plus. Ils cherchèrent à savoir où elle habitait avec son frère, et comment ils vivaient. Elle évita de répondre, demanda de nouveau la quittance, dit qu'elle était pressée, salua froidement, et partit. Les Poyet furent outrés contre l'ingratitude de cette fille.

Délivrée de cette obsession, Antoinette continua la même vie de privations, mais pour Olivier, maintenant. Elle se cachait davantage, pour qu'il ne le sût pas ; elle économisait sur sa toilette, et parfois sur sa faim, pour la toilette de son frère et pour ses distractions, pour rendre sa vie plus douce et plus ornée, pour lui permettre d'aller de temps en temps au concert, ou même au théâtre de musique, – le plus grand bonheur d'Olivier. Il n'eût pas voulu y aller sans elle ; mais elle trouvait des prétextes pour s'en dispenser et lui enlever ses remords : elle prétendait qu'elle était trop lasse, qu'elle n'avait pas envie de sortir, et même que cela l'ennuyait. Il n'était pas dupe de ce mensonge d'amour ; mais son égoïsme l'emportait. Il allait au théâtre ; et une fois qu'il était là, ses remords le reprenaient ; il y pensait, tout le temps du spectacle : son bonheur était gâté. Un dimanche qu'elle l'avait envoyé au concert du Châtelet, il revint au bout d'une demi-heure, disant à Antoinette qu'arrivé au pont

Saint-Michel, il n'avait pas eu le courage d'aller plus loin : le concert ne l'intéressait plus, cela lui faisait trop de peine d'avoir du plaisir sans elle. Rien ne fut plus doux à Antoinette, quoiqu'elle eût du chagrin que son frère se fût privé, à cause d'elle, de sa distraction du dimanche. Mais Olivier ne pensait pas à le regretter : quand il avait vu, en rentrant, le visage de sa sœur rayonner d'une joie qu'elle s'efforçait en vain de cacher, il s'était senti plus heureux qu'il n'aurait pu l'être en entendant la plus belle musique du monde. Ils passèrent cette après-midi, assis en face l'un de l'autre, près de la fenêtre, lui, un livre à la main, elle, avec un ouvrage, ne cousant ni ne lisant guère, et parlant de petits riens qui n'avaient d'intérêt ni pour lui, ni pour elle. Jamais dimanche ne leur parut plus doux. Ils convinrent de ne plus se séparer pour aller au concert : ils n'étaient plus capables d'avoir du bonheur, seuls.

Elle réussit à économiser en cachette assez pour faire à Olivier la surprise d'un piano loué, qui, d'après un système de location, au bout d'un nombre de mois, devait leur appartenir tout à fait. Lourde obligation qu'elle contractait encore ! Ces échéances furent souvent un cauchemar ; elle ruinait sa santé à trouver l'argent nécessaire. Mais cette folie leur assurait un tel bonheur, à tous deux ! La musique était leur paradis, dans cette dure vie. Elle prit une place immense. Ils s'en enveloppaient pour oublier le reste du monde. Ce n'était pas sans danger. La musique est un des grands dissolvants modernes. Sa langueur chaude d'étuve ou d'automne énervant surexcite les sens et tue la volonté. Mais elle était une détente pour une âme contrainte à une activité excessive et sans joie, comme celle d'Antoinette. Le concert du dimanche était la seule lueur qui brillât dans la semaine de travail sans relâche. Ils vivaient du souvenir du dernier concert et de l'espoir du prochain, de ces deux ou trois heures passées hors du temps, hors de Paris. Après une longue attente dehors, par la pluie, ou la neige, ou le vent et le froid, serrés l'un contre l'autre, et tremblant qu'il n'y eût plus de places, ils s'engouffraient dans le théâtre, où ils étaient perdus dans une cohue, à des places étroites et obscures. Ils étouffaient, ils étaient écrasés, et tout près de se trouver mal de chaleur et de gêne ; – et ils étaient heureux, heureux de leur propre bonheur et du bonheur de l'autre, heureux de sentir couler dans leur cœur les flots de bonté, de lumière et de force, qui ruisselaient des grandes âmes de Beethoven et de Wagner, heureux de voir s'éclairer le cher visage fraternel, – ce visage pâli par les fatigues et les soucis prématurés. Antoinette se sentait si lasse et comme dans les bras d'une mère qui la serrait contre son sein ! Elle se blottissait dans le nid doux et tiède ; et elle pleurait tout bas. Olivier lui serrait la main. Personne ne prenait garde à eux, dans l'ombre de la salle monstrueuse, où ils n'étaient pas les seules âmes meurtries, qui se réfugiaient sous l'aile maternelle de la Musique.

Antoinette avait aussi la religion qui continuait de la soutenir. Elle était très pieuse, elle ne manquait jamais de faire, chaque jour, de longues et ardentes prières, ni d'aller, chaque dimanche, à la messe. Dans l'injuste misère de sa vie, elle ne pouvait s'empêcher de croire à l'amour de l'Ami divin, qui souffre avec vous, et qui, un jour, vous consolera. Plus encore qu'avec Dieu, elle était en communion intime avec ses morts, et elle les associait en secret à toutes ses épreuves. Mais elle était indépendante d'esprit, et de ferme raison ; elle restait à part des autres catholiques, et n'était pas très bien vue d'eux ; ils trouvaient en elle un mauvais esprit, ils n'étaient pas loin de la regarder comme une libre penseuse, ou sur le chemin de l'être, parce qu'en bonne petite Française, elle n'entendait pas renoncer à son libre jugement : elle croyait, non par obéissance, comme le vil bétail, mais par amour.

Olivier ne croyait plus. Le lent travail de désagrégation de sa foi, commencé dès les premiers mois à Paris, l'avait détruite tout entière. Il en avait cruellement souffert, car il n'était pas de ceux qui sont assez forts, ou assez médiocres, pour se passer de la foi : aussi avait-il traversé des crises d'angoisse mortelle. Mais il gardait le cœur mystique ; et, si incroyant qu'il fût devenu, nulle pensée n'était plus près de lui que celle de sa sœur. Ils vivaient l'un et l'autre dans une atmosphère religieuse. Quand ils rentraient, chacun de son côté, le soir, après avoir été séparés tout le jour, leur petit appartement était pour eux le port, l'asile inviolable, pauvre, glacé, mais pur. Comme ils s'y sentaient loin des pensées corrompues de Paris !...

Ils ne causaient pas beaucoup de ce qu'ils avaient fait : car, lorsqu'on revient fatigué, on n'a guère le cœur à revivre, en la racontant, une pénible journée. Ils s'appliquaient instinctivement à l'oublier ensemble. Surtout pendant la première heure, où ils se retrouvaient au dîner du soir, ils prenaient garde de ne pas se questionner. Ils se disaient bonsoir, des yeux ; et parfois, ils ne prononçaient pas une parole, de tout le repas. Antoinette regardait son frère, qui restait à rêvasser devant son assiette, comme autrefois, quand il était petit. Elle lui caressait doucement la main :

– Allons ! disait-elle en souriant. Courage !

Il souriait aussi, et se remettait à manger. Le dîner se passait, sans qu'ils fissent un effort pour causer. Ils étaient affamés de silence... À la fin seulement, leur langue se déliait un peu, lorsqu'ils se sentaient reposés, et que chacun, entouré de l'amour discret de l'autre, avait effacé de son être les traces impures de la journée.

Olivier se mettait au piano. Antoinette se déshabituait d'en jouer, afin de le laisser jouer : car c'était l'unique distraction qu'il eût : et il s'y donnait de toutes ses forces. Il était très bien doué pour la musique : sa nature féminine, mieux faite pour aimer que pour agir, épousait les pensées des musiciens qu'il jouait, se fondait avec elles, rendait leurs moindres nuances avec une fidélité passionnée, – autant que le lui permettait, du moins, ses bras et son souffle débiles, que brisait l'effort titanique de *Tristan*, ou des dernières sonates de Beethoven. Aussi se réfugiait-il de préférence en Mozart et en Gluck ; et c'était également la musique qu'elle préférait.

Parfois, elle chantait aussi, mais des chansons très simples, de vieilles mélodies. Elle avait une voix de mezzo voilée, grave et fragile. Si timide qu'elle ne pouvait chanter devant personne ; à peine devant Olivier : sa gorge se serrait. Il y avait un air de Beethoven sur des paroles écossaises, qu'elle aimait particulièrement : *Le fidèle Johnie* : il était calme, calme…et une tendresse au fond !…Il lui ressemblait. Olivier ne pouvait le lui entendre chanter, sans des larmes aux yeux.

Elle préférait écouter son frère. Elle se hâtait de terminer le ménage, et elle laissait la porte de la cuisine ouverte, afin de mieux entendre Olivier ; mais, malgré les précautions qu'elle prenait, il se plaignait impatiemment qu'elle fît du bruit en rangeant la vaisselle. Alors, elle fermait la porte ; et, quand elle avait fini, elle venait s'installer dans une chaise basse, non pas près du piano, – (car il ne pouvait souffrir d'avoir quelqu'un auprès de lui, quand il jouait), – mais près de la cheminée ; et là, comme un petit chat, pelotonnée sur elle-même, le dos tourné au piano, et les yeux attachés aux yeux d'or du foyer, où se consumait en silence une briquette de charbon, elle s'engourdissait dans les images du passé. Quand neuf heures sonnaient, il lui fallait un effort pour rappeler à Olivier qu'il était temps de finir. Il était pénible de l'arracher, de s'arracher à ces rêveries ; mais Olivier avait encore du travail pour le soir, et il ne fallait pas qu'il se couchât trop tard. Il n'obéissait pas tout de suite ; il avait besoin d'un certain temps pour pouvoir, au sortir de la musique, se remettre à la tâche. Sa pensée flottait ailleurs. La demie sonnait souvent, avant qu'il fût dégagé des brouillards. Antoinette, penchée sur son ouvrage, de l'autre côté de la table, savait qu'il ne faisait rien ; mais elle n'osait pas trop regarder de son côté, de peur de l'impatienter, en ayant l'air de le surveiller.

Il était à l'âge ingrat, – l'âge heureux, – où les journées se passent à flâner. Il avait un front pur, des yeux de fille, roués et naïfs, souvent cernés, une grande bouche, aux lèvres gonflées, comme téteuses, au sourire un peu de travers, vague, distrait, polisson ; trop de cheveux, qui descendaient jusqu'aux yeux et formaient presque un chignon sur la nuque, avec une mèche rebelle qui se dressait par derrière ; une cravate lâche autour du cou – (sa sœur la lui nouait soigneusement, chaque matin) ; – un veston, dont les boutons ne tenaient jamais, bien qu'elle passât son temps à les recoudre ; pas de manchettes ; les mains grandes aux poignets osseux. L'air narquois, ensommeillé, voluptueux, il restait indéfiniment à bayer aux corneilles. Ses yeux, qui baguenaudaient, faisaient tout le tour de la chambre d'Antoinette – (c'était chez elle qu'était la table de travail) ; – ils se promenaient sur le petit lit de fer, au-dessus duquel était suspendu un crucifix d'ivoire avec une branche de buis, – sur les portraits de son père et de sa mère, – sur une vieille photographie, qui représentait la petite ville de province avec sa tour et le miroir de ses eaux. Lorsqu'ils arrivaient à la figure pâlotte de sa sœur, qui travaillait silencieusement, il était pris d'une immense pitié pour elle et d'une colère contre lui-même : il se secouait, irrité de sa flânerie ; et il travaillait avec énergie, pour rattraper le temps perdu.

Les jours de congé, il lisait. Ils lisaient, chacun de son côté. Malgré tout leur amour l'un pour l'autre, ils ne pouvaient pas lire ensemble le même livre tout haut. Cela les blessait comme un manque de pudeur. Un beau livre leur semblait un secret, qui ne devait être murmuré que dans le silence du cœur. Quand une page les ravissait, au lieu de la lire à l'autre, ils se passaient le livre, le doigt sur le passage ; et ils se disaient :

– Lis.

Alors, pendant que l'autre lisait, celui qui avait déjà lu suivait, les yeux brillants, sur le visage de son ami, les émotions ; et il en jouissait avec lui.

Mais souvent, accoudés devant leur livre, ils ne lisaient pas : ils causaient. À mesure que la soirée avançait, ils avaient plus besoin de se confier, et ils avaient moins de peine à parler. Olivier avait des pensées tristes ; et il fallait toujours que cet être faible se déchargeât de ses tourments, en les versant dans le sein d'un autre. Il était rongé par des doutes. Antoinette devait lui rendre courage, le défendre contre lui-même : c'était une lutte incessante, qui recommençait chaque jour. Olivier disait des choses amères et lugubres ; et quand il les avait dites, il était soulagé : mais il ne s'inquiétait pas de savoir si maintenant elles n'accablaient pas sa sœur. Il s'aperçut bien tard combien il l'épuisait : il lui prenait sa force, et infiltrait en elle ses propres doutes. Antoinette n'en montrait rien. Vaillante et gaie de nature, elle s'obligeait à rester gaie en apparence, alors que sa gaieté était depuis longtemps perdue. Elle avait des moments de lassitude profonde, de révolte contre la vie de sacrifice, à laquelle elle s'était vouée. Mais elle condamnait ces pensées, elle ne voulait pas les analyser ; elle les subissait, elle ne les acceptait pas. La prière lui venait en aide, sauf quand le cœur ne pouvait prier – (cela arrive), – quand il était desséché. Alors il n'y avait qu'à attendre en silence, tout fiévreux et honteux, que la grâce revint. Jamais Olivier ne se doutait de ces angoisses. Dans ces moments, Antoinette trouvait un prétexte pour s'éloigner, ou se renfermer dans sa chambre ; et elle ne reparaissait que quand la crise était passée ; alors, elle était souriante, endolorie, plus tendre qu'avant, ayant comme le remords d'avoir souffert.

Leurs chambres se touchaient. Leurs lits étaient appliqués des deux côtés du même mur : ils pouvaient se parler à mi-voix au travers ; et, quand ils avaient des insomnies, de petits coups frappés tout doucement au mur disaient :

– Dors-tu ? Je ne dors pas.

Si mince était la cloison qu'ils étaient comme deux amis chastement couchés côte à côte dans le même lit. Mais la porte entre leurs chambres était toujours fermée, la nuit, par une pudeur instinctive et profonde, – un sentiment sacré ; – elle ne restait ouverte que lorsque Olivier était malade : ce qui arrivait trop souvent.

Sa débile santé ne se rétablissait pas. Elle semblait plutôt s'altérer davantage. Il souffrait constamment : de la gorge, de la poitrine, de la tête, du cœur ; le moindre rhume chez lui risquait de dégénérer en bronchite ; il prit la scarlatine, et faillit en mourir ; même sans être malade, il présentait de bizarres symptômes de maladies graves, qui heureusement n'éclataient pas : il avait des points douloureux au poumon, ou au cœur. Un jour, le médecin qui l'auscultait diagnostiqua une péricardite, ou une péripneumonie ; et le grand docteur spécialiste, que l'on consulta ensuite, confirma ces appréhensions. Cependant, il n'en fut rien. C'étaient surtout les nerfs, qui étaient malades chez lui ; et l'on sait que ce genre de souffrances prend les formes les plus inattendues ; on en est quitte pour des journées d'inquiétudes. Mais qu'elles étaient cruelles pour Antoinette ! Que de nuits sans sommeil ! Dans son lit, d'où elle se levait souvent pour épier à la porte la respiration de son frère, elle était prise de terreurs. Elle pensait qu'il allait mourir, elle le savait, elle en était sûre : elle se dressait, frémissante, et elle joignait les mains, elle les serrait, elle les crispait contre sa bouche, pour ne pas crier :

– Mon Dieu ! mon Dieu ! suppliait-elle, ne me l'enlevez pas ! Non, cela… cela, vous n'en avez pas le droit !… Je vous en prie, je vous en prie !… Ô ma chère maman ! Viens à mon secours ! Sauve-le, fais qu'il vive !…

Elle se tendait de tout son corps.

— Ah ! mourir en chemin, quand on avait tant fait déjà, quand on était sur le point d'arriver, quand il allait être heureux...non, cela ne se pouvait pas, ce serait trop cruel !...

*

Olivier ne tarda pas à lui donner d'autres inquiétudes.

Il était profondément honnête, comme elle, mais de volonté faible et d'intelligence trop libre et trop complexe pour n'être pas un peu trouble, sceptique, indulgente à ce qu'il savait mal, et attirée par le plaisir. Antoinette était si pure qu'elle fut longtemps avant de comprendre ce qui se passait dans l'esprit de son frère. Elle le découvrit brusquement, un jour.

Olivier la croyait sortie. Elle avait une leçon, d'ordinaire, à cette heure ; mais, au dernier moment, elle avait reçu un mot de son élève, l'avertissant qu'on se passerait d'elle aujourd'hui. Elle en avait eu un secret plaisir, bien que ce fussent quelques francs supprimés de son maigre budget ; elle était très lasse, et elle s'étendit sur son lit : elle jouissait de pouvoir se reposer un jour sans remords. Olivier rentra du lycée ; un camarade l'accompagnait. Ils s'installèrent dans la chambre à côté, et se mirent à causer. On entendait tout ce qu'ils disaient : ils ne se gênaient point, croyant qu'ils étaient seuls. Antoinette écoutait en souriant la voix joyeuse de son frère. Mais bientôt, elle cessa de sourire, et son sang s'arrêta. Ils parlaient de choses brutales, avec une crudité d'expressions abominable : ils semblaient s'y complaire. Elle entendait rire Olivier, son petit Olivier ; et de ses lèvres, qu'elle croyait innocentes, sortaient d'obscènes paroles, qui la glaçaient d'horreur. Une douleur aiguë la perçait jusqu'au fond de son être. Cela dura longtemps : ils ne pouvaient se lasser de parler, et elle ne pouvait s'empêcher d'écouter. Enfin, ils sortirent ; et Antoinette resta seule. Alors, elle pleura : quelque chose était mort en elle ; l'image idéale qu'elle se faisait de son frère, de son enfant, – était souillée : c'était une souffrance mortelle. Elle ne lui en dit rien, quand ils se retrouvèrent, le soir. Il vit qu'elle avait pleuré, et il ne put savoir pourquoi. Il ne comprit pas pourquoi elle avait changé de manières à son égard. Il fallut quelque temps, avant qu'elle se ressaisît.

Mais le coup le plus douloureux qu'il lui porta, ce fut un soir qu'il ne rentra pas. Elle l'attendit toute la nuit, sans se coucher. Elle ne souffrait pas seulement dans sa pureté morale ; elle souffrait jusque dans les retraites les plus mystérieuses de son cœur, — ces retraites profondes, où s'agitent des sentiments redoutables, sur lesquels elle jetait, pour ne pas voir, un voile, qu'il n'est pas permis d'écarter.

Olivier avait voulu surtout affirmer son indépendance. Il revint, au matin, se composant une attitude, prêt à répondre insolemment à sa sœur, si elle lui faisait une observation. Il se glissa dans l'appartement, sur la pointe des pieds, pour ne pas l'éveiller. Mais, quand il la vit, debout, l'attendant, pâle, les yeux rouges, ayant pleuré, quand il vit qu'au lieu de lui faire un reproche, elle s'occupait de lui en silence, préparait son déjeuner, avant son départ pour le lycée, et qu'elle ne lui disait rien, mais semblait accablée, et que tout son être était un reproche vivant, il n'y résista pas : il se jeta à ses genoux, il se cacha la tête dans sa robe ; et ils pleurèrent tous deux. Il était honteux de lui, dégoûté de la nuit qu'il venait de passer ; il se sentait avili. Il voulut parler : elle l'empêcha de parler, lui mettant la main sur la bouche ; et il baisa cette main. Ils ne dirent rien de plus : ils se comprenaient. Olivier se jura d'être celui qu'Antoinette attendait qu'il fût. Mais elle ne put oublier de sitôt sa blessure : elle était comme une convalescente. Il y avait une gêne entre eux. Son amour était toujours aussi fort ; mais elle avait vu dans l'âme de son frère quelque chose qui lui était maintenant étranger, et qu'elle redoutait.

*

Elle était d'autant plus bouleversée par ce qu'elle entrevoyait dans le cœur d'Olivier qu'à la même époque elle avait à souffrir des poursuites de certains hommes. Quand elle rentrait, le soir, à la nuit tombante, surtout quand il lui fallait sortir après dîner pour chercher ou rapporter un travail de copie, ce lui était une angoisse insupportable d'être accostée, suivie, et d'entendre des propositions grossières. Toutes les fois qu'elle pouvait emmener son frère avec elle, elle le faisait, sous prétexte de le forcer à se promener ; mais il ne s'y prêtait pas volontiers, et elle n'osait insister ; elle ne voulait pas troubler son travail. Son âme virginale et provinciale ne pouvait se faire à ces mœurs. Paris, la nuit, était pour elle une forêt où elle se sentait traquée par des bêtes immondes ; elle tremblait de sortir du gîte. Cependant, il fallait sortir. Elle fut longtemps avant d'en prendre son parti ; et elle en souffrit toujours. Et quand elle pensait que son petit Olivier serait – était peut-être – comme un de ces hommes qui lui faisaient la chasse, elle avait peine, en rentrant, à lui donner la main pour lui dire bonsoir. Il n'imaginait pas ce qu'elle pouvait avoir contre lui...

Sans être très jolie, elle avait un grand charme, et attirait les regards, quoiqu'elle ne fît rien pour cela. Très simplement vêtue, presque toujours en deuil, pas très grande, fluette, l'air délicat, ne parlant guère, glissant silencieusement au travers de la foule, en fuyant l'attention, elle la retenait par l'expression de suavité profonde de ses doux yeux fatigués et de sa petite bouche pure. Elle s'apercevait quelquefois qu'elle plaisait : elle en était confuse, – contente tout de même... Qui dira ce qui peut entrer, à son insu, de gentiment, de chastement coquet, dans une âme tranquille, qui sent le contact sympathique d'autres âmes ? Cela se traduisait par une légère gaucherie dans les gestes, un regard timide, jeté de côté ; et c'était à la fois plaisant et touchant. Ce trouble était un attrait de plus. Elle excitait les désirs ; et, comme elle était une fille pauvre et sans protecteur dans la vie, on ne se gênait pas pour les lui dire.

Elle allait quelquefois dans un salon de riches Israélites, les Nathan, qui s'intéressaient à elle pour l'avoir rencontrée chez une famille amie, où elle donnait des leçons ; et même, elle n'avait pu se dispenser, malgré sa sauvagerie, d'assister une ou deux fois, à leurs soirées. M. Alfred Nathan était un professeur connu à Paris, savant éminent, en même temps très mondain, avec ce mélange baroque de science et de frivolité, si commun dans la société juive. Chez Mme Nathan se mêlaient dans d'égales proportions une bienfaisance réelle et une mondanité excessive. Tous deux avaient été prodigues envers Antoinette de démonstrations de sympathie bruyante, sincère, d'ailleurs intermittente. – Antoinette avait trouvé plus de bonté parmi les juifs que parmi ses coreligionnaires. Ils ont bien des défauts ; mais ils ont une grande qualité, la première de toutes : ils sont vivants, ils sont humains ; rien d'humain ne leur est étranger, ils s'intéressent à ceux qui vivent. Même quand il leur manque une vraie et chaude sympathie, ils ont une curiosité perpétuelle qui leur fait rechercher les âmes et les pensées de quelque prix, fussent-elles les plus différentes des leurs. Ce n'est pas qu'ils fassent, en général, grand'chose pour les aider : car ils sont sollicités par trop d'intérêts à la fois, et plus livrés que quiconque aux vanités mondaines, tout en s'en disant libres. Du moins, ils font quelque chose ; et c'est beaucoup dans l'apathie de la société contemporaine. Ils y sont un ferment d'action, un levain de vie. – Antoinette, qui s'était heurtée, chez les catholiques, à un mur d'indifférence glaciale, sentait le prix de l'intérêt, si superficiel fût-il, que lui témoignaient les Nathan. Mme Nathan avait entrevu la vie de dévouement d'Antoinette ; elle était sensible à son charme physique et moral ; elle avait prétendu la prendre sous sa protection. Elle n'avait pas d'enfants ; mais elle aimait la jeunesse, et elle en réunissait souvent chez elle ; elle avait insisté pour qu'Antoinette vînt aussi, qu'elle sortît de son isolement, qu'elle prît quelque distraction. Et comme il lui était facile de deviner que la sauvagerie d'Antoinette tenait en partie à la gêne où elle se trouvait, elle avait voulu lui offrir de jolies toilettes, que l'orgueil d'Antoinette avait refusées ; mais l'aimable protectrice s'y était prise de telle sorte qu'elle avait trouvé moyen de la forcer à accepter quelques-uns de ces petits cadeaux, qui sont si chers à l'innocente vanité féminine. Antoinette en était à la fois reconnaissante et confuse. Elle se forçait à venir, de loin en loin, aux soirées de Mme Nathan ; et, comme elle était jeune, elle y trouvait, malgré tout, du plaisir.

Mais dans ce monde un peu mêlé, où venaient beaucoup de jeunes gens, la petite protégée de Mme Nathan, pauvre et jolie, fut aussitôt le point de mire de deux ou trois polissons, qui jetèrent leur dévolu sur elle, avec une parfaite assurance. Ils spéculaient d'avance sur sa timidité. Elle fut même l'enjeu de paris entre eux.

Elle reçut, un jour, des lettres anonymes, – ou, plus exactement, signées d'un noble pseudonyme, – qui lui faisaient une déclaration : lettres d'amour, d'abord flatteuses, pressantes, fixant un rendez-vous ; puis, très vite, plus hardies, essayant de la menace, et bientôt de l'injure, de basses calomnies : elles la déshabillaient, détaillaient les secrets de son corps, le salissaient de leur grossière convoitise ; elles tâchaient de jouer de la naïveté d'Antoinette, en lui faisant redouter un outrage public, si elle ne venait pas au rendez-vous assigné. Elle pleurait de douleur d'avoir pu s'être attiré de telles propositions ; ces injures brûlaient l'orgueil de son corps et de son cœur. Elle ne savait comment sortir de là. Elle ne voulait pas en parler à son frère : elle savait qu'il en souffrirait trop, et qu'il donnerait à l'affaire un caractère plus grave. Elle n'avait pas d'amis. Recourir à la police ? Elle s'y refusait, par crainte du scandale. Il fallait en finir, pourtant. Elle sentait que son silence ne suffirait pas à la défendre, que le drôle qui la poursuivait serait tenace, et qu'il irait jusqu'à l'extrême limite où il verrait du danger pour lui.

Il venait de lui envoyer une sorte d'ultimatum, lui enjoignant de se trouver, le lendemain, au musée du Luxembourg. Elle y alla. – À force de se torturer l'esprit, elle s'était convaincue que son persécuteur avait dû la rencontrer chez Mme Nathan. Certains mots d'une des lettres faisaient allusion à un fait, qui n'avait pu se passer que là. Elle pria Mme Nathan de lui rendre un grand service, de l'accompagner en voiture, jusqu'à la porte du musée, et de l'attendre, un moment. Elle entra. Devant le tableau convenu, le maître-chanteur l'aborda, triomphant, et se mit à lui parler, avec une courtoisie affectée. Elle le regarda fixement, en silence. Quand il eut fini, il lui demanda en plaisantant pourquoi elle l'examinait ainsi. Elle répondit :

– Je regarde un lâche.

Il ne fut pas interloqué pour si peu, et commença à devenir familier. Elle dit :

– Vous avez voulu me menacer d'un scandale. Je viens vous l'offrir, ce scandale. Le voulez-vous ?

Elle était frémissante, parlait haut, se montrait prête à attirer l'attention sur eux. On les regardait. Il sentit qu'elle ne reculerait devant rien. Il baissa le ton. Elle lui lança, une dernière fois :

– Vous êtes un lâche !

et lui tourna le dos.

Ne voulant pas avoir l'air battu, il la suivit. Elle sortit du musée, avec l'homme sur ses talons. Elle se dirigea droit vers la voiture qui attendait, ouvrit brusquement la portière ; et son suiveur se trouva nez à nez avec Mme Nathan, qui le reconnut et le salua de son nom. Il perdit contenance, et s'esquiva.

Antoinette dut raconter l'histoire à sa compagne. Elle ne le fit qu'à regret, et avec une extrême réserve. Il lui était pénible d'introduire une étrangère dans le secret des souffrances de sa

pudeur blessée. Mme Nathan lui reprocha de ne l'avoir pas aver-
tie plus tôt. Antoinette la supplia de n'en rien dire à personne.
L'aventure en resta là ; et l'amie d'Antoinette n'eut même pas
besoin de fermer son salon au personnage : car il ne revint plus.

*

À peu près dans le même temps, Antoinette eut un autre
chagrin, d'un genre bien différent.

Un très honnête homme, d'une quarantaine d'années,
chargé d'un poste consulaire en Extrême-Orient, et qui était
revenu passer quelques mois de congé en France, rencontra Antoinette chez les Nathan : il s'éprit d'elle. La rencontre avait été
arrangée d'avance, à l'insu d'Antoinette, par Mme Nathan, qui
s'était mis en tête de marier sa petite amie. Il était Israélite. Il
n'était pas beau. Il était un peu chauve et voûté ; mais il avait de
bons yeux, des manières affectueuses, et un cœur qui savait
compatir à la souffrance, ayant souffert aussi. Antoinette n'était
plus la petite fille romanesque d'autrefois, l'enfant gâtée, qui
rêvait de la vie, comme d'une promenade que l'on fait par une
belle journée avec un amoureux ; elle la voyait maintenant
comme un dur combat, qu'il fallait recommencer chaque jour,
sans jamais se reposer, sous peine de perdre en un instant tout
le terrain conquis, pouce par pouce, en des années de fatigue ; et
elle pensait qu'il serait doux de pouvoir s'appuyer sur le bras
d'un ami, de partager sa peine avec lui, de pouvoir un peu fermer les yeux, tandis qu'il veillerait sur elle. Elle savait que c'était
un rêve ; mais elle n'avait pas encore eu le courage de renoncer
tout à fait à ce rêve. Au fond, elle n'ignorait pas qu'une fille sans
dot n'avait rien à espérer dans le monde où elle vivait. La vieille
bourgeoisie française est connue dans le monde entier pour
l'esprit d'intérêt sordide, qu'elle apporte au mariage. Les Juifs
sont moins bassement avides d'argent. Il n'est pas rare de voir
chez eux un jeune homme riche choisir une jeune fille pauvre,
ou une jeune fille qui a de la fortune chercher passionnément un

homme qui ait de l'intelligence. Mais chez le bourgeois français, catholique et provincial, le sac cherche le sac. Et pour quoi faire, les malheureux ? Ils n'ont que des besoins médiocres ; ils ne savent que manger, bâiller, dormir, – économiser. Antoinette les connaissait. Elle les avait vus, depuis l'enfance. Elle les avait vus avec les lunettes de la richesse et avec celles de la pauvreté. Elle n'avait plus d'illusions sur ce qu'elle en pouvait attendre. Aussi, la démarche de l'homme qui lui demanda de l'épouser lui fut-elle d'une douceur inespérée. Sans l'aimer d'abord, elle se sentit pénétrée pour lui, peu à peu, d'une reconnaissance et d'une tendresse profondes. Elle eût accepté sa demande, s'il n'avait fallu le suivre aux colonies, et abandonner son frère. Elle refusa ; et son ami, tout en comprenant la noblesse de ses raisons, ne le lui pardonna point : l'égoïsme de l'amour n'admet point qu'on ne lui sacrifie pas jusqu'aux vertus qui lui sont le plus chères dans l'être aimé. Il cessa de la voir ; il ne lui écrivit plus, après qu'il fut parti, elle n'eut plus aucune nouvelle de lui, jusqu'au jour où elle apprit, – cinq ou six mois plus tard, – par une lettre de faire-part dont l'adresse était de sa main, qu'il avait épousé une autre femme.

Ce fut une grande tristesse pour Antoinette. Une fois de plus navrée, elle offrit sa souffrance à Dieu ; elle voulut se persuader qu'elle était justement punie d'avoir perdu de vue, un instant, sa tâche unique, qui était de se dévouer à son frère ; et elle s'y absorba.

Elle se retira tout à fait du monde. Elle avait cessé d'aller chez les Nathan, qui étaient en froid avec elle, depuis qu'elle avait refusé le parti qu'ils lui offraient : eux non plus n'avaient pas admis ses raisons. Mme Nathan, qui avait décrété d'avance que ce mariage se ferait et qu'il serait parfait, avait été froissée dans son amour-propre qu'il ne se fît pas, par la faute d'Antoinette. Elle trouvait ses scrupules fort estimables, assurément, mais d'une sentimentalité exagérée ; et du jour au lendemain, elle se désintéressa de cette petite oie. Son besoin de faire le bien aux gens avec ou malgré leur consentement venait d'élire une autre protégée, qui absorbait pour l'instant toute la somme d'intérêt et de dévouement qu'elle avait à dépenser.

Olivier ne savait rien des romans douloureux qui se passaient dans le cœur de sa sœur. C'était un garçon sentimental et léger, qui vivait dans ses rêvasseries. Il était bien aléatoire de rien fonder sur lui, malgré son esprit vif et charmant, et son cœur qui était un trésor de tendresse, comme celui d'Antoinette. Constamment, il compromettait des mois d'efforts par des inconséquences, des découragements, des flâneries, des amours de tête, où il perdait son temps et ses forces. Il s'éprenait de jolies figures entrevues, de petites filles coquettes, avec qui il avait causé une fois dans un salon, et qui ne faisaient aucune attention à lui. Il s'engouait pour une lecture, un poème, une musique : il s'y enfonçait pendant des mois, d'une façon exclusive, au détriment de ses études. Il fallait le surveiller sans cesse, en ayant grand soin qu'il ne s'en aperçût point, de peur de le blesser. Des coups de tête étaient toujours à redouter. Il avait cette surexcitation fébrile, ce manque d'équilibre, cette trépidation inquiète, que l'on rencontre chez ceux que guette la phtisie. Le médecin n'avait pas caché le danger à Antoinette. Cette plante déjà maladive, transplantée de province à Paris, aurait eu besoin de bon air et de lumière. Antoinette ne pouvait les lui donner. Ils n'avaient pas assez d'argent pour s'éloigner de Paris, pendant les vacances. Le reste de l'année, ils étaient pris, toute la semaine, par leur tâche ; et, le dimanche, ils étaient si fatigués qu'ils n'avaient pas envie de sortir, sinon pour aller au concert.

Certains dimanches d'été, Antoinette faisait pourtant un effort, et entraînait Olivier dans les bois des environs, du côté de Chaville ou de Saint-Cloud. Mais les bois étaient remplis de couples bruyants, de chansons de café-concert, et de papiers graisseux : ce n'était pas la divine solitude qui repose et purifie. Et le soir, pour rentrer, la cohue des trains, l'empilement suffocant dans les honteux wagons de la banlieue, bas, étroits, et obscurs, le bruit, les rires, les chants, la grivoiserie, la puanteur, la fumée du tabac. Antoinette et Olivier, qui n'avaient, ni l'un ni l'autre, l'âme populaire, revenaient dégoûtés, démoralisés. Olivier suppliait Antoinette de ne plus recommencer les promenades ; et Antoinette n'avait plus le cœur de le faire, avant un certain temps. Elle persistait pourtant, bien que ce lui fût désagréable plus encore qu'à Olivier ; mais elle croyait que c'était nécessaire à la santé de son frère. Elle l'obligeait à se promener de nouveau. Ces nouvelles expériences n'étaient pas plus heureuses ; et Olivier les lui reprochait amèrement. Alors, ils restaient bloqués dans la ville étouffante, et, de leur cour de prison, ils soupiraient après les champs.

*

La dernière année d'études était venue. Les examens de l'École Normale étaient au bout. Il était temps. Antoinette se sentait bien lasse. Elle comptait sur le succès : son frère avait pour lui toutes les chances. Au lycée, on le regardait comme un des meilleurs candidats : tous ses professeurs s'accordaient à louer son travail et son intelligence, à part une indiscipline d'esprit qui lui rendait difficile de se plier à quelque plan que ce fût. Mais la responsabilité qui pesait sur Olivier l'accablait tellement qu'il en perdait ses moyens, à mesure qu'il approchait de l'examen. Une extrême fatigue, la crainte d'échouer, et une timidité maladive le paralysaient d'avance. Il tremblait, à la pensée de paraître en public devant ses juges. Il avait toujours souffert de sa timidité : en classe, il rougissait, il avait la gorge serrée, quand il lui fallait parler ; tout au plus si, dans les premiers temps, il pouvait répondre à l'appel de son nom. Encore lui était-il beaucoup plus facile de répondre à l'improviste que lorsqu'il savait qu'on allait l'interroger : alors, il en était malade ; sa tête ne cessait de travailler, lui représentant tous les détails de ce qui allait se passer ; et plus il avait à attendre, plus il en était obsédé. On pouvait dire qu'il n'y avait pas d'examen qu'il n'eût passé au moins deux fois : car il le passait en rêve, dans les nuits qui précédaient, et il y dépensait son énergie : aussi, ne lui en restait-il plus pour l'examen réel.

Mais il n'arriva même pas à ce terrible oral, dont la pensée, la nuit, lui donnait des sueurs froides. À l'écrit, sur un sujet de philosophie, capable de le passionner en temps ordinaire, il n'arriva même pas à écrire deux pages en six heures. Pendant les premières heures, il avait un vide dans le cerveau, il ne pensait rien, rien. C'était comme un mur noir, contre lequel il venait se briser. Une heure avant la fin de l'épreuve, le mur se fendit, et quelques rayons de lumière jaillirent à travers les fentes. Alors il écrivit quelques lignes excellentes, mais insuffisantes à le faire classer. À l'accablement où il était, Antoinette prévit l'échec inévitable, et elle en fut aussi abattue que lui ; mais elle ne le montra pas. Elle avait d'ailleurs, même dans les situations désespérées, un pouvoir d'espérance inlassable.

Olivier fut refusé.

Il était atterré. Antoinette feignait de sourire, comme si ce n'était pas grave ; mais ses lèvres tremblaient. Elle consola son frère, elle lui dit que c'était une malechance facilement réparable, qu'il serait sûrement reçu, l'an prochain, et dans un meilleur rang. Elle ne lui dit pas combien il eût fallu pour elle qu'il réussît, cette année, combien elle se sentait usée de corps et d'âme, quelles inquiétudes elle avait de ne pouvoir recommencer une année comme celle-là. Cependant, il le fallait. Si elle disparaissait, avant qu'Olivier fût reçu, jamais il n'aurait le courage, seul, de continuer la lutte : il serait dévoré par la vie.

Elle lui cacha donc sa fatigue. Elle redoubla d'efforts. Elle se saigna pour lui procurer quelques distractions pendant les vacances, afin qu'à la rentrée il pût reprendre le travail avec plus de force. Mais, à la rentrée, sa petite réserve se trouva entamée ; et, par surcroît, elle perdit les leçons qui lui rapportaient le plus.

Encore une année !... Les deux enfants étaient tendus jusqu'à se briser, en vue de l'épreuve finale. Avant tout, il fallait
vivre et chercher d'autres ressources. Antoinette accepta une
place d'institutrice, qu'on lui offrait en Allemagne, grâce aux
Nathan. C'était le dernier parti auquel elle se fût arrêtée : mais il
n'en était pas d'autre, pour le moment, et elle ne pouvait attendre. Jamais elle n'avait quitté son frère, un seul jour depuis six
ans ; et elle ne concevait même pas ce que pourrait être sa vie
maintenant, sans le voir et l'entendre. Olivier n'y pensait pas
sans terreur ; mais il n'osait rien dire : cette misère était sa
faute ; s'il avait été reçu, Antoinette n'eût pas été réduite à cette
extrémité ; il n'avait pas le droit de s'y opposer, de mettre en
ligne de compte son propre chagrin ; elle seule devait décider.

Ils passèrent les dernières journées ensemble dans une
douleur muette, comme si l'un d'eux allait mourir ; ils allaient se
cacher, quand leur peine était trop forte. Antoinette cherchait
conseil dans les yeux d'Olivier. S'il lui avait dit :

– Ne pars pas !

elle ne serait pas partie, bien qu'il fallût partir. Jusqu'à la
dernière heure, dans le fiacre qui les emportait tous deux à la
gare de l'Est, elle fut près de renoncer à sa résolution : elle ne se
sentait plus la force de l'accomplir. Un mot de lui, un mot !...
Mais il ne le dit pas. Il se raidissait comme elle. – Elle lui fit
promettre qu'il lui écrirait tous les jours, qu'il ne lui cacherait
rien, et qu'à la moindre alerte, il la ferait revenir.

*

Elle partit. Tandis qu'Olivier rentrait, le cœur glacé, au dor-
toir du lycée, où il avait accepté d'être mis en pension, le train
emportait Antoinette douloureuse et transie. Les yeux ouverts
dans la nuit, tous deux sentaient chaque minute les éloigner l'un
de l'autre ; et ils s'appelaient tout bas.

Antoinette avait l'effroi du monde où elle allait. Elle avait bien changé depuis six ans. Elle, si hardie naguère, et que rien n'intimidait, elle avait pris une telle habitude du silence et de l'isolement que ce lui était une souffrance d'en sortir. L'Antoinette rieuse, bavarde et gaie des jours de bonheur passés, était morte avec eux. Le malheur l'avait rendue sauvage. Sans doute, à vivre avec Olivier, elle avait fini par subir la contagion de sa timidité. Sauf avec son frère, elle avait peine à parler. Tout l'effarouchait : une visite lui faisait peur. Aussi, elle avait une angoisse nerveuse, à la pensée qu'il lui faudrait vivre chez des étrangers, causer avec eux, être constamment en scène. La pauvre petite n'avait, pas plus que son frère, la vocation du professorat : elle s'en acquittait en conscience, mais elle n'y croyait pas, et elle ne pouvait être soutenue par le sentiment de l'utilité de sa tâche. Elle était faite pour aimer, et non pour instruire. Et de son amour, nul ne se souciait.

Nulle part, elle n'en trouva moins l'emploi que dans sa place nouvelle, en Allemagne. Les Grünebaum, chez qui elle était chargée d'apprendre le français aux enfants, ne lui témoignèrent pas le moindre intérêt. Ils étaient rogues et familiers, indifférents et indiscrets ; ils payaient assez bien : moyennant quoi, ils regardaient comme leur obligé celui qui touchait leur argent, et ils se croyaient tout permis avec lui. Ils traitaient Antoinette comme une sorte de domestique, un peu plus relevée, et ne lui laissaient presque aucune liberté. Elle n'avait même pas de chambre à elle : elle couchait dans un cabinet attenant à la chambre des enfants, et dont la porte restait ouverte, la nuit. Elle n'était jamais seule. On ne respectait pas le besoin qu'elle avait de se réfugier de temps en temps en soi, – le droit sacré qu'a tout être à la solitude intérieure. Tout son bonheur était de se retrouver mentalement avec son frère, de converser avec lui ; elle profitait des moindres instants de liberté. Mais on les lui disputait. Dès qu'elle écrivait un mot, on rôdait autour d'elle, dans la chambre, on l'interrogeait sur ce qu'elle écrivait. Quand elle lisait une lettre, on lui demandait ce qu'il y avait dedans ; avec une familiarité goguenarde, on s'informait du « petit frère ». Il lui fallait se cacher. On rougirait de raconter à quels expédients elle était contrainte parfois, et dans quels réduits elle devait s'enfermer, pour lire, sans être vue, les lettres d'Olivier. Si elle laissait une lettre traîner dans sa chambre, elle était sûre qu'on la lisait ; et, comme elle n'avait, en dehors de sa malle, aucun meuble qui fermât, elle était obligée d'emporter sur elle tous les papiers qu'elle ne voulait pas qu'on lût : on furetait constamment dans ses affaires et dans son cœur, on s'efforçait de crocheter les secrets de sa pensée. Ce n'était pas que les Grünebaum s'y intéressassent. Mais ils jugeaient qu'elle leur appartenait, puisqu'ils la payaient. Au reste, ils n'y mettaient pas malice : l'indiscrétion était chez eux une habitude invétérée ; ils ne s'en offusquaient pas entre eux.

Rien ne pouvait être plus intolérable à Antoinette que cet espionnage, ce manque de pudeur morale, qui ne lui permettait pas, une heure par jour, d'échapper aux regards indiscrets. La réserve un peu hautaine, qu'elle opposait aux Grünebaum, les blessait. Naturellement, ils trouvaient des raisons de haute moralité pour légitimer leur curiosité grossière, et pour condamner la prétention d'Antoinette à s'y dérober : « C'était leur devoir, pensaient-ils, de connaître la vie intime d'une jeune fille, qui était logée chez eux, qui faisait partie de leur maison, et à qui ils avaient confié l'éducation de leurs enfants : ils en étaient responsables. » – (C'est ce que disent de leurs domestiques tant de maîtresses de maison, dont la « responsabilité » ne va pas jusqu'à épargner à ces malheureuses une seule fatigue et un seul dégoût, mais se borne à leur interdire toute espèce de plaisir.) – « Pour qu'Antoinette se refusât à reconnaître ce devoir de conscience, il fallait, concluaient-ils, qu'elle ne se sentît pas sans reproches : une fille honnête n'a rien à cacher. »

Ainsi, s'établissait autour d'Antoinette une persécution de tous les instants, contre laquelle elle se tenait constamment en défense, et qui la faisait paraître encore plus froide et plus concentrée qu'à l'ordinaire.

Son frère lui écrivait, chaque jour, des lettres de douze pages ; et elle réussissait aussi, chaque jour, à lui écrire, ne fût-ce que deux ou trois lignes. Olivier s'efforçait d'être un brave petit homme et de ne pas trop montrer son chagrin. Mais il mourait d'ennui. Sa vie avait toujours été si indissolublement liée à celle de sa sœur que maintenant qu'on l'en avait arrachée, il lui semblait avoir perdu la moitié de son être : il ne savait plus user de ses bras, de ses jambes, de sa pensée, il ne savait plus se promener, il ne savait plus jouer du piano, il ne savait plus travailler, ni ne rien faire, ni rêver − si ce n'était à elle. Il s'acharnait sur ses livres, du matin au soir ; mais il ne faisait rien de bon : sa pensée était ailleurs ; il souffrait, ou il pensait à elle, il pensait à la lettre de la veille ; les yeux fixés sur l'horloge, il attendait la lettre d'aujourd'hui ; et quand elle arrivait, ses doigts tremblaient de joie, − de peur, aussi, − en déchirant l'enveloppe. Jamais lettre d'amoureuse ne causa aux mains de l'amoureux un tel frémissement de tendresse inquiète. Il se cachait, comme Antoinette, pour lire ces lettres ; il les portait toutes sur lui ; et, la nuit, il avait, sous son oreiller, la dernière reçue ; il la touchait de temps en temps, pour s'assurer qu'elle était toujours là, dans les longues insomnies où il rêvait de sa chère petite. Comme il se sentait loin d'elle ! Il en était particulièrement oppressé, quand un retard de la poste lui faisait parvenir la lettre d'Antoinette, le surlendemain du jour où elle l'avait envoyée. Deux jours, deux nuits entre eux !... Il s'exagérait le temps et la distance, d'autant plus qu'il n'avait jamais voyagé. Son imagination travaillait : « Dieu ! si elle tombait malade ! Elle aurait le temps de mourir avant qu'il ne pût la revoir... Pourquoi ne lui avait-elle écrit que quelques lignes, la veille ?... Si elle était malade ?... Oui, elle était malade...» Il suffoquait. − Plus souvent encore, il avait l'épouvante de mourir loin d'elle, seul, au milieu de ces indifférents, dans ce lycée repoussant, dans ce triste Paris. À force d'y penser, il devenait malade...« S'il lui écrivait de revenir ?...» – Mais il rougissait de sa lâcheté. D'ailleurs, dès qu'il lui écrivait, c'était un tel bonheur de s'entretenir avec elle qu'il en oubliait pour un instant ce qu'il souffrait. Il avait l'illusion de la voir, de l'entendre : il lui racontait tout ; jamais il ne lui avait parlé si intimement, si passionnément, quand ils étaient ensemble ; il l'appelait : « ma fidèle, ma brave, ma chère bonne bien-aimée petite sœur, que j'aime tant. » C'étaient de vraies lettres d'amour.

Elles baignaient de leur tendresse Antoinette ; elles étaient tout l'air respirable de ses journées. Quand elles n'arrivaient pas, le matin, à l'heure attendue, elle était malheureuse. Il advint que, deux ou trois fois, les Grünebaum, par indifférence, ou, – qui sait ? – par une sorte de taquinerie méchante, oublièrent de les lui remettre jusqu'au soir, une fois même jusqu'au lendemain matin : elle en eut la fièvre. – Pour le jour de l'an, les deux enfants eurent la même idée, sans s'être concertés : ils se firent la surprise de s'envoyer tous deux une longue dépêche, – (cela coûtait bien cher) – qui leur arriva, à la même heure, à tous deux. – Olivier continuait de consulter Antoinette sur ses travaux et sur ses doutes ; Antoinette le conseillait, le soutenait, lui soufflait sa force.

Elle n'en avait pas trop pour elle-même. Elle étouffait dans ce pays étranger, où elle ne connaissait personne, où personne ne s'intéressait à elle, à part la femme d'un professeur, qui était venue s'installer depuis peu dans la ville, et qui s'y trouvait dépaysée, elle aussi. La brave personne était assez maternelle, et compatissait à la peine des deux enfants séparés, qui s'aimaient – (car elle avait arraché à Antoinette une partie de son histoire) ; – mais elle était si bruyante, si commune, elle manquait à un tel point de tact et de discrétion que l'aristocratique petite âme d'Antoinette se repliait, effarouchée. Ne pouvant se confier à personne, elle amassait en elle tous ses soucis : c'était un poids bien lourd ; par moments, elle croyait qu'elle allait tomber ; mais elle serrait les lèvres, et se remettait en marche. Sa santé était atteinte : elle maigrissait beaucoup. Les lettres de son frère se faisaient de plus en plus découragées. Dans une crise d'abattement, il écrivit :

« Reviens, reviens, reviens !...»

Mais la lettre n'était pas envoyée, qu'il en avait honte ; et il en écrivit une autre, où il suppliait Antoinette de déchirer la première et de n'y plus penser. Il affectait même d'être gai, et de n'avoir pas besoin de sa sœur. Son amour-propre ombrageux souffrait qu'on pût croire qu'il était incapable de se passer d'elle.

Antoinette ne s'y trompait pas ; elle lisait ses pensées ; mais elle ne savait que faire. Un jour, elle était sur le point de partir ; elle allait à la gare pour connaître exactement l'heure du train pour Paris. Et puis, elle se disait que c'était une folie : l'argent qu'elle gagnait ici servait à payer la pension d'Olivier ; tant qu'ils pourraient tenir tous deux, il fallait tenir. Elle n'avait plus l'énergie de prendre une décision : le matin, sa vaillance renaissait ; mais, à mesure qu'approchait l'ombre du soir, sa force défaillait, elle pensait à fuir. Elle avait le mal du pays, – de ce pays qui avait été bien dur pour elle, mais où étaient ensevelis toutes les reliques de son passé, – elle avait la nostalgie de cette langue que parlait son frère, et dans laquelle s'exprimait son amour pour lui.

Ce fut alors qu'une troupe de comédiens français passa par la petite ville allemande. Antoinette, qui allait rarement au théâtre, – (elle n'en avait ni le temps, ni le goût), – fut prise du besoin irrésistible d'entendre parler sa langue, de se réfugier en France. On sait le reste. Il n'y avait plus de places au théâtre ; elle rencontra le jeune musicien Jean-Christophe, qu'elle ne connaissait pas, mais qui, voyant son désappointement, lui offrit de partager une loge dont il disposait : elle accepta étourdiment. Sa présence avec Christophe fit jaser la petite ville ; et ces bruits malveillants arrivèrent aussitôt aux oreilles des Grüne-

baum, qui, déjà disposés à admettre toutes les suppositions désobligeantes sur le compte de la jeune Française, et exaspérés
contre Christophe, à la suite de certaines circonstances que
nous avons racontées ailleurs[1], donnèrent brutalement congé à
Antoinette.

Cette âme chaste et rougissante, que son amour fraternel
avait tout entière possédée, sauvée de toute souillure de pensée,
crut mourir de honte, quand elle comprit ce dont on l'accusait.
Pas un instant, elle n'en voulut à Christophe. Elle savait qu'il
était aussi innocent qu'elle et que, s'il lui avait fait du mal,
c'était en voulant lui faire du bien : elle lui était reconnaissante.
Elle ne savait rien de lui, sinon qu'il était musicien, et qu'il était
fort attaqué ; mais, dans son ignorance de la vie et des hommes,
elle avait une intuition naturelle des âmes, que la misère avait
aiguisée ; elle avait reconnu dans son voisin de théâtre, mal élevé, un peu fou, une candeur égale à la sienne, et une virile bonté, dont le seul souvenir lui était bienfaisant. Le mal qu'elle avait
entendu dire de lui n'atteignait point la confiance que Christophe lui avait inspirée. Victime elle-même, elle ne doutait pas
qu'il ne fût une autre victime, souffrant comme elle, et depuis
plus longtemps, de la méchanceté de ces gens qui l'outrageaient.
Et comme elle avait pris l'habitude de s'oublier pour penser aux
autres, l'idée de ce que Christophe avait dû souffrir la distrayait
un peu de son propre chagrin. Pour rien au monde, elle n'eût
cherché à le revoir, ni à lui écrire : un instinct de pudeur et de
fierté le lui défendait. Elle se dit qu'il ignorait le tort qu'il lui
avait causé ; et, dans sa bonté, elle souhaita qu'il l'ignorât toujours.

Elle partit. Le hasard voulut qu'à une heure de la ville, le
train qui l'emportait se croisât avec celui qui ramenait Christophe d'une ville voisine, où il avait passé la journée.

____

[1] *La révolte.*

De leurs wagons qui stationnèrent quelques minutes l'un à côté de l'autre, ils se virent tous deux dans le silence de la nuit, et ils ne se parlèrent pas. Qu'auraient-ils pu se dire que des paroles banales ? Elles eussent profané le sentiment indéfinissable de commune pitié et de sympathie mystérieuse, qui était né en eux, et qui ne reposait sur rien que sur la certitude de leur vision intérieure. Dans cette dernière seconde où, inconnus l'un à l'autre, ils se regardaient, ils se virent tous deux comme aucun de ceux qui vivaient avec eux ne les avait jamais vus. Tout passe : le souvenir des paroles, des baisers, de l'étreinte des corps amoureux ; mais le contact des âmes, qui se sont une fois touchées et se sont reconnues parmi la foule des formes éphémères, ne s'efface jamais. Antoinette l'emporta dans le secret de son cœur, — ce cœur enveloppé de tristesses, mais au centre desquelles souriait une lumière voilée, pareille à celle qui baigne les Ombres Élyséennes *d'Orphée*.

*

Elle revit Olivier. Il était temps qu'elle rentrât. Il venait de tomber malade ; et ce petit être nerveux et tourmenté, qui tremblait devant la maladie quand elle n'était pas là, — maintenant qu'il était réellement souffrant, se refusait à l'écrire à sa sœur, pour ne pas l'inquiéter. Mais mentalement il l'appelait, il l'implorait comme un miracle.

Quand le miracle se produisit, il était couché à l'infirmerie du lycée, fiévreux et rêvassant. Il ne cria point, en la voyant. Combien de fois il avait eu l'illusion de la voir entrer !... Il se dressa sur son lit, la bouche ouverte, tremblant que ce ne fût une illusion de plus. Et quand elle fut assise sur le lit près de lui, quand elle l'eut pris dans ses bras, quand il se fut blotti contre son sein, quand il sentit sous ses lèvres la joue délicate, dans ses mains les mains glacées par la nuit de voyage, quand il fut sûr enfin que c'était bien sa sœur, sa petite, il se mit à pleurer. Il ne savait faire que cela : il était toujours resté « le petit serin » qu'il était, enfant. Il la serrait contre lui, de peur qu'elle ne lui échappât de nouveau. Comme ils étaient changés tous deux ! Quelle triste mine !... N'importe ! ils s'étaient retrouvés : tout redevenait lumineux, l'infirmerie, le lycée, le jour sombre : ils se tenaient l'un l'autre, ils ne se lâcheraient plus. Avant qu'elle eût rien dit, il lui fit jurer qu'elle ne partirait plus. Il n'avait pas besoin de le lui faire promettre : non, elle ne partirait plus, ils avaient été trop malheureux, éloignés l'un de l'autre ; leur mère avait raison : tout valait mieux que la séparation. Même la misère, même la mort, pourvu qu'on fût ensemble.

Ils se hâtèrent de louer un appartement. Ils auraient voulu reprendre l'ancien, si laid qu'il fût ; mais il était déjà occupé. Le nouveau logement donnait aussi sur une cour ; mais par-dessus un mur, on apercevait le sommet d'un petit acacia, et ils s'y attachèrent aussitôt, comme à un ami des champs, prisonnier ainsi qu'eux dans les pavés de la ville. Olivier reprit rapidement sa santé, ou ce que l'on était accoutumé à nommer tel : – (ce qui était santé chez lui eût semblé maladie chez un autre plus fort.) – Le triste séjour d'Antoinette en Allemagne lui avait du moins rapporté quelque argent ; et la traduction d'un livre allemand, qu'un éditeur consentit à prendre, augmenta ses ressources. Les inquiétudes matérielles étaient écartées pour un temps ; et tout irait bien, pourvu qu'Olivier fût reçu, à la fin de l'année. – Mais s'il ne l'était pas ?

L'obsession de l'examen les reprit, aussitôt qu'ils furent réhabitués à la douceur d'être ensemble. Ils évitaient de s'en parler ; mais ils avaient beau faire : ils y revenaient toujours. L'idée fixe les poursuivait partout, même quand ils essayaient de se distraire : au concert, elle surgissait, au milieu d'un morceau ; la nuit, quand ils s'éveillaient, elle s'ouvrait comme un gouffre. À l'ardent désir de soulager sa sœur et de répondre au sacrifice qu'elle lui avait fait de sa jeunesse, s'ajoutait chez Olivier la terreur du service militaire, qu'il ne pourrait éviter, s'il était refusé : – (c'était au temps où l'admission aux grandes Écoles ser-

vait encore de dispense). – Il éprouvait un dégoût invincible
pour la promiscuité physique et morale, pour la dégradation
intellectuelle, qu'il voyait, à tort ou à raison, dans la vie de ca-
serne. Tout ce qu'il y avait en lui d'aristocratique et de virginal
se révoltait contre cette obligation : il ne savait point s'il ne lui
eût préféré la mort. C'est là un sentiment qu'il est permis de
railler, ou même de flétrir, au nom d'une morale sociale, qui est
devenue la foi du jour ; mais aveugles, ceux qui le nient ! Il n'est
rien de plus profond que cette souffrance de la solitude morale,
violée par le communisme généreux et grossier d'aujourd'hui.

L'examen recommença. Olivier faillit ne pouvoir y prendre
part : il était souffrant, et il avait si peur des angoisses, par les-
quelles, reçu ou non, il aurait à passer, qu'il eût presque souhaité de tomber malade tout à fait. Il réussit assez bien cette fois, à
l'écrit. Mais ce fut dur d'attendre les résultats de l'admissibilité.
Suivant les usages immémoriaux du pays de la Révolution, qui
est le pays le plus routinier du monde, les examens avaient lieu
en juillet, pendant les jours les plus torrides de l'année : comme
si l'on avait l'intention arrêtée d'achever les malheureux, déjà
écrasés par la préparation des programmes monstrueux, dont
aucun de leurs juges ne savait la dixième partie. On rendait
compte des compositions, le lendemain de la cohue du 14 juillet,
de cette gaieté pénible pour ceux qui ne sont pas gais et qui ont
besoin de silence. Sur la place à côté de la maison, des forains
étaient installés, des tirs crépitaient, des chevaux de bois à vapeur mugissaient, des orgues de Barbarie braillaient, de midi à
minuit. Le vacarme dura huit jours. Puis, un président de la République, pour entretenir sa popularité, accorda aux hurleurs
une demi-semaine de plus. Cela ne lui coûtait rien : il ne les entendait pas ! Mais Olivier et Antoinette le cerveau martelé,
meurtri par le bruit, obligés de garder leurs fenêtres fermées et
d'étouffer dans leurs chambres, se bouchant les oreilles, essayant vainement d'échapper à l'obsession lancinante de ces
refrains idiots, grincés du matin au soir, qui leur entraient dans
la tête comme des coups de couteau, se crispaient de douleur.

Les examens oraux commençaient presque aussitôt après l'admissibilité. Olivier supplia Antoinette de n'y pas assister. Elle attendait à la porte, – plus tremblante que lui. Jamais il ne lui dit qu'il était satisfait de la façon dont il avait passé. Il la tourmentait de ce qu'il avait dit, ou de ce qu'il n'avait pas dit.

Le jour du résultat final arriva. On affichait dans la cour de la Sorbonne les noms des candidats reçus. Antoinette ne voulut pas laisser Olivier aller seul. En quittant leur maison, ils pensèrent, sans se le dire, que quand ils y rentreraient, ils *sauraient*, et que peut-être alors ils regretteraient cette minute de crainte, où du moins ils espéraient encore. Quand ils aperçurent la Sorbonne, ils sentirent leurs jambes fléchir. Antoinette, si brave, dit à son frère :

– Pas si vite, je t'en prie...

Olivier regarda sa sœur, qui s'efforçait de sourire. Il lui dit :

– Veux-tu que nous nous asseyions un instant sur ce banc ?

Il aurait voulu ne pas aller jusqu'au bout. Mais, après un instant, elle lui serra la main, et dit :

– Ce n'est rien, mon petit, continuons.

Ils ne trouvèrent pas tout de suite la liste. Ils en lurent plusieurs, où le nom de Jeannin n'était pas. Lorsqu'ils le virent enfin, ils ne comprirent pas d'abord, ils relurent plusieurs fois, ils ne pouvaient y croire. Puis, quand ils furent bien sûrs que c'était vrai, que Jeannin, c'était lui, que Jeannin était reçu, ils n'eurent pas un mot ; ils détalèrent chez eux : elle lui avait saisi le bras, elle lui tenait le poignet, il s'appuyait sur elle ; ils couraient presque, sans rien voir autour d'eux ; en traversant le boulevard, ils faillirent être écrasés. Ils se répétaient :

– Mon petit !...Ma petite !...

Ils remontèrent, quatre à quatre, leurs étages. Rentrés dans leur chambre, ils se jetèrent dans les bras l'un de l'autre. Antoinette prit son frère par la main, et le conduisit devant les photographies de leur père et de leur mère, près de son lit, dans un coin de sa chambre, qui était comme son sanctuaire ; elle s'agenouilla avec lui devant elles ; et ils pleurèrent tout bas.

Antoinette voulut faire venir un bon petit dîner ; mais ils ne purent y toucher : ils n'avaient pas faim. Ils passèrent la soirée, Olivier aux genoux de sa sœur, ou sur ses genoux, se faisant câliner comme un petit enfant. Ils parlaient à peine. Ils n'avaient même plus la force d'être heureux, ils étaient brisés. Ils se couchèrent avant neuf heures, et dormirent d'un sommeil de plomb.

Le lendemain, Antoinette avait cruellement mal à la tête, mais un tel poids enlevé de dessus le cœur ! Il semblait à Olivier qu'il respirait enfin, pour la première fois. Il était sauvé, elle l'avait sauvé, elle avait accompli sa tâche ; et lui, n'avait pas été indigne de ce que sa sœur attendait de lui !...– Pour la première fois depuis des années, des années, ils s'abandonnèrent à la paresse. Jusqu'à midi, ils restèrent couchés, se parlant d'un lit à l'autre, la porte de leur chambre ouverte ; ils se voyaient dans une glace, ils voyaient leur figure heureuse et gonflée de fatigue ; ils se souriaient, ils s'envoyaient des baisers, s'assoupissaient de nouveau, se regardaient dormir, courbaturés, moulus, ayant à peine la force de se parler que par de tendres monosyllabes.

*

Antoinette n'avait pas cessé d'économiser sou par sou, pour avoir une petite épargne en cas de maladie. Elle n'avait pas dit à son frère la surprise qu'elle voulait lui en faire. Le lendemain de sa réception, elle lui annonça qu'ils allaient passer un mois en Suisse, pour se récompenser tous deux de leurs années de peines. Maintenant qu'Olivier était assuré de passer trois ans à l'École Normale aux frais de l'État, puis de trouver un emploi, au sortir de l'École, ils pouvaient faire des folies et dépenser tout ce qu'ils avaient mis de côté. Olivier poussa des cris de joie à cette nouvelle. Antoinette fut plus heureuse encore, – heureuse du bonheur de son frère, – heureuse de penser qu'elle allait revoir enfin la campagne, dont elle languissait.

Les préparatifs de voyage furent une grande affaire, mais un plaisir de tous les instants. Le mois d'août était assez avancé, quand ils partirent. Ils étaient peu habitués à voyager. Olivier n'en dormit pas, la nuit d'avant. Et il ne dormit pas non plus, la nuit en wagon. Toute la journée, il avait craint de manquer le train. Ils s'étaient pressés fiévreusement, ils avaient été bousculés dans la gare, ils étaient empilés dans un compartiment de seconde, où ils ne pouvaient même pas s'accouder pour dormir ; – (un de ces privilèges, dont les Compagnies françaises, si éminemment démocratiques, s'évertuaient à priver les voyageurs qui n'étaient pas riches, afin que les voyageurs qui l'étaient eussent le plaisir de penser qu'ils étaient seuls à en jouir.) – Olivier ne ferma pas l'œil, un instant : il n'était pas encore tout à fait sûr qu'il était dans le bon train, et il guettait le nom de chaque station. Antoinette sommeillait à demi, et se réveillait sans cesse ; les cahots du wagon faisaient ballotter sa tête. Olivier la regardait, à la lueur de la lampe funéraire, qui luit au faîte de ces sarcophages ambulants ; et il fut frappé de l'altération de ses traits. Le tour des yeux était creusé ; la bouche au dessin enfantin s'entrouvrait avec lassitude ; le teint de la peau était jauni, et de petits plis fripaient çà et là les joues, où se voyait la marque des tristes jours de deuils et de désillusions. Elle avait l'air vieillie, malade. – En vérité, elle était si fatiguée ! Si elle avait osé, elle eût retardé le départ. Mais elle n'avait pas voulu gâter le plaisir de son frère ; elle voulait se persuader que son mal n'était que de la fatigue, et que la campagne la remettrait. Ah ! comme elle avait peur de tomber malade, en route !... Elle eut conscience qu'il la regardait ; et, s'arrachant péniblement à la torpeur qui l'accablait, elle rouvrit les yeux, – ces yeux toujours si jeunes, si limpides, si clairs, où de temps en temps passait une angoisse involontaire, comme des nuages sur un petit lac. Il lui demanda tout bas, avec une tendre inquiétude, comment elle allait : elle lui serra la main, et assura qu'elle était bien. Un mot d'amour la ranimait.

Dès l'aube rougissante sur la campagne blême, entre Dôle et Pontarlier, le spectacle des champs qui s'éveillaient, le gai soleil qui se levait sur la terre, – le soleil échappé comme eux de la prison des rues, des maisons poussiéreuses, des fumées grasses de Paris, – les prairies frissonnantes, qu'enveloppait la buée légère de leur haleine blanche comme le lait ; les moindres détails de la route : un petit clocher de village, un filet d'eau entrevu, une ligne bleue de collines flottant au fond de l'horizon ; l'angélus grêle et touchant que le vent apportait du lointain, à un arrêt du train au milieu de la campagne assoupie ; les graves silhouettes d'un troupeau de vaches qui rêvaient sur un talus, au-dessus du chemin, – tout absorbait l'attention d'Antoinette et de son frère : tout leur semblait nouveau. Ils étaient comme deux arbres desséchés, qui boivent l'eau du ciel avec délices.

Puis, ce fut, au matin, la douane suisse où il fallut descendre. Une petite gare en rase campagne. On avait un peu mal au cœur de la mauvaise nuit, et on était frissonnant de la fraîcheur humide de l'aube ; mais il faisait calme, le ciel était pur, le souffle des prairies montait autour de vous, coulait dans votre bouche, sur votre langue, le long de votre gorge, jusqu'au fond de votre poitrine, comme un petit ruisseau ; et l'on prenait debout à une table en plein air, le café chaud qui ranime, avec le lait crémeux, doux comme le ciel, et sentant bon l'herbe et les fleurs des champs.

Ils montèrent dans les wagons suisses, dont la disposition, nouvelle pour eux, leur causa un plaisir enfantin. Mais comme Antoinette était lasse ! Elle ne s'expliquait pas ce malaise qui la tenait. Pourquoi voyait-elle que tout cela, autour d'elle était si joli, si intéressant, et y goûtait-elle si peu de plaisir ? N'était-ce pas tout ce qu'elle rêvait depuis des années : un beau voyage, son frère à côté d'elle, les soucis d'avenir écartés, la chère nature ?... Qu'avait-elle donc ? Elle se le reprochait, et elle s'obligeait à admirer, à partager la joie naïve de son frère...

Ils s'arrêtaient à Thun. Ils devaient en repartir le lendemain, pour la montagne. Mais la nuit à l'hôtel, Antoinette fut prise d'une grosse fièvre, avec des vomissements et des douleurs de tête. Olivier s'affola aussitôt, et passa une nuit d'inquiétudes. Il fallut faire prévenir un médecin, dès le matin : — (surcroît de dépenses non prévu, et qui n'était pas négligeable pour leur petite bourse). — Le médecin ne trouva rien de grave pour l'instant, mais une extrême fatigue, une constitution ruinée. Il ne pouvait être question de continuer le voyage tout de suite. Le docteur défendit à Antoinette de se lever, de tout le jour : et il laissa entendre qu'ils devraient peut-être rester plus longtemps encore à Thun. Ils étaient désolés, — bien contents tout de même d'en être quitte à ce prix, après ce qu'ils avaient pu craindre. Mais il était dur de venir de si loin pour rester enfermés dans une mauvaise chambre où le soleil brûlant donnait, comme dans une serre. Antoinette voulut que son frère se promenât. Il fit quelques pas hors de l'hôtel ; il vit l'Aar avec sa belle robe verte, et, dans le lointain du ciel, une cime blanche qui flottait : il en fut bouleversé de joie ; mais cette joie, il ne pouvait la porter, seul. Il revint précipitamment dans la chambre de sa sœur, il lui dit tout ému ce qu'il venait de voir ; et, comme elle s'étonnait qu'il fût rentré si tôt, et l'engageait de se promener de nouveau, il dit, comme autrefois, quand il était revenu du concert du Châtelet :

– Non, non, c'est trop beau : cela me fait mal de le voir sans toi...

Ce sentiment n'avait rien de nouveau pour eux : ils savaient qu'il leur fallait être tous deux pour être soi tout entier. Mais il était toujours bon de se l'entendre dire. Cette tendre parole fit plus de bien à Antoinette que toutes les médecines. Elle souriait maintenant, heureuse et alanguie. – Et, après une bonne nuit, quoique ce ne fût pas très prudent de partir déjà, elle décida qu'ils se sauveraient de bonne heure, sans prévenir le médecin, qui n'aurait qu'à les retenir encore. L'air pur et le plaisir de voir les belles choses ensemble firent qu'elle n'eut pas à payer cette imprudence, et qu'ils arrivèrent, sans autre contretemps au but de leur voyage, – un village dans la montagne, au-dessus du lac, à quelque distance de Spiez.

Ils y passèrent trois ou quatre semaines, dans un petit hôtel. Antoinette n'eut plus de nouvel accès de fièvre ; mais elle ne se remit jamais bien. Elle sentait une lourdeur dans la tête, un poids insupportable, des malaises continuels. Olivier la questionnait souvent sur sa santé : il eût voulu la voir moins pâle ; mais il était grisé par la beauté du pays, et, d'instinct, il écartait les pensées tristes ; quand elle lui assurait qu'elle était bien portante, il voulait croire que c'était vrai, – bien qu'il sût le contraire. D'ailleurs, elle jouissait profondément de l'exubérance de son frère, de l'air, du repos surtout. Que c'était bon de se reposer enfin après ces terribles années !

Olivier voulait l'entraîner dans ses promenades : elle eût été heureuse de partager ses courses ; mais plusieurs fois, après être vaillamment partie, elle fut forcée de s'arrêter, au bout de vingt minutes, sans souffle et le cœur défaillant. Alors, il continuait seul ses excursions, – des ascensions inoffensives, mais qui la tenaient dans les transes, jusqu'à ce qu'il fût rentré. Ou bien, ils faisaient ensemble de petites promenades : elle, appuyée sur son bras, marchant à petits pas, causant tous deux, lui surtout devenu très loquace, riant ; disant ses projets, racontant des drôleries. Du chemin à mi-côte, au-dessus de la vallée, ils regardaient les nuages blancs se mirer dans le lac immobile, et les bateaux nager comme des insectes à la surface d'une mare ; ils aspiraient l'air tiède et la musique des clochettes de troupeaux, que le vent apportait de très loin, par bouffées, avec l'odeur des foins coupés et la résine chaude : Et ils rêvaient ensemble du passé, et de l'avenir, et du présent qui leur semblait de tous les rêves le plus irréel et le plus enivrant. Antoinette se laissait gagner quelquefois par la belle humeur enfantine de son frère : ils jouaient à se poursuivre ; à se jeter de l'herbe. Et un jour, il la vit rire, comme autrefois, quand ils étaient enfants de ce bon rire fou de petite fille, insouciant, transparent comme une source, et que depuis des années il n'avait pas entendu.

Mais, le plus souvent, Olivier ne résistait pas au plaisir d'aller faire de longues courses. Il en avait un peu de remords ensuite, il devait se reprocher plus tard de n'avoir pas assez profité des chères conversations avec sa sœur. Même à l'hôtel, il la laissait souvent seule.

Il y avait un petit cercle de jeunes hommes et de jeunes filles, à l'écart duquel ils s'étaient ténus d'abord. Puis, Olivier, timide et attiré par eux, s'était joint à leur groupe. Il avait été sevré d'amis ; il n'avait guère connu, en dehors de sa sœur, que ses grossiers camarades de lycée et leurs maîtresses qui lui inspiraient du dégoût. Ce lui était une douceur de se trouver au milieu de garçons et de filles de son âge, bien élevés, aimables et gais. Bien qu'il fût très sauvage, il avait une curiosité naïve, un cœur sentimental et chastement sensuel, qu'hypnotisaient toutes les petites flammes pâlottes et falotes, qui brillent dans les yeux féminins. Lui-même pouvait plaire, en dépit de sa timidité. Le candide besoin qu'il avait d'aimer et d'être aimé lui prêtait, à son insu, une grâce juvénile, et lui faisait trouver des mots, des gestes, des prévenances affectueuses, que leur gaucherie même rendait plus attrayants. Il avait le don de la sympathie. Quoi que son intelligence, devenue très ironique dans la solitude, lui fît voir de la vulgarité des gens et de leurs défauts, que souvent il haïssait, – quand il était en face d'eux, il ne voyait plus que leurs yeux, où s'exprimait un être qui mourrait un jour, un être qui n'avait qu'une vie, comme lui, et qui la perdrait bientôt, comme lui : alors, il sentait pour cet être une affection involontaire ; pour rien au monde, il n'aurait pu lui faire de la peine, en cet instant ; qu'il le voulût ou non, il fallait qu'il fût aimable. Il était faible : et, par là, fait pour plaire au « monde », qui pardonne tous les vices et même toutes les vertus, – hors une seule : la force, qui est la condition de toutes les autres.

Antoinette ne se mêlait pas à cette jeune compagnie. Sa santé, sa fatigue, un accablement moral, sans cause apparente, la paralysaient. Au cours des longues années de soucis et de travail acharné, qui usent le corps et l'âme, les rôles avaient été intervertis entre elle et son frère ; elle se sentait maintenant loin du monde, loin de tout, si loin !... Elle n'y pouvait plus rentrer : toutes ces conversations, ce bruit, ces rires, ces petits intérêts, l'ennuyaient, la lassaient, la blessaient presque. Elle souffrait d'être ainsi : elle eût voulu ressembler à ces autres jeunes filles, s'intéresser à ce qui les intéressait, rire de ce qui les faisait rire… Elle ne pouvait plus !... Elle avait le cœur serré, il lui semblait qu'elle était morte. Le soir, elle s'enfermait chez elle ; et souvent, elle n'allumait même pas sa lampe ; elle restait assise dans l'obscurité, tandis qu'Olivier, en bas, dans le salon, s'abandonnait à la douceur d'un de ces petits amours romanesques, dont il était coutumier. Elle ne sortait de son engourdissement que quand elle l'entendait remonter à son étage, riant et bavardant encore avec ses amies, échangeant d'interminables bonsoirs sur le pas de leurs portes, sans pouvoir se décider à se séparer. Alors, Antoinette souriait dans sa nuit et elle se levait pour rallumer l'électricité. Le rire de son frère la ranimait.

L'automne avançait. Le soleil s'éteignait. La nature se fanait. Sous l'ouate des brumes et des nuages d'octobre, les couleurs s'amortirent ; la neige vint sur les hauteurs, et le brouillard dans la plaine. Les voyageurs s'en allèrent, un à un, puis par bandes. Et ce fut la tristesse de voir partir les amis, même les indifférents, et, plus que tout, l'été, le temps de calme et de bonheur qui avait été une oasis dans la vie. Ils firent une dernière promenade ensemble, un jour d'automne voilé, dans la forêt, le long de la montagne. Ils ne parlaient pas, ils rêvaient mélancoliques, se serrant frileusement l'un contre l'autre, enveloppés dans leurs manteaux aux collets relevés, leurs doigts entrelacés. Les bois humides se taisaient, pleuraient en silence. On entendait au fond le cri doux et craintif d'un oiseau solitaire, qui sentait venir l'hiver. Une clochette cristalline de troupeau tintait dans le brouillard lointaine, presque éteinte, comme si elle résonnait au fond de leur poitrine...

Ils revinrent à Paris. Tous deux étaient tristes. Antoinette n'avait pas recouvré la santé.

*

Il fallut s'occuper du trousseau qu'Olivier devait apporter à l'école. Antoinette y dépensa ses dernières économies ; elle vendit même en secret quelques bijoux. Qu'importe ? Ne le lui rendrait-il pas plus tard ? – Et puis, elle avait si peu de besoins, maintenant qu'il ne serait plus là !...Elle s'empêchait de penser à ce qui arriverait, quand il ne serait plus là ; elle travaillait au trousseau, elle mettait à cette tâche toute l'ardente tendresse qu'elle avait pour son frère, et le pressentiment que ce serait la dernière chose qu'elle ferait pour lui.

Ils ne se quittaient plus, pendant les derniers jours qu'ils avaient à passer ensemble ; ils avaient peur d'en perdre le moindre instant. Le dernier soir, ils restèrent très tard, au coin du feu, Antoinette assise dans l'unique fauteuil de l'appartement, Olivier sur un tabouret à ses pieds, se faisant câliner, suivant son habitude de grand enfant gâté. Il était soucieux – curieux aussi – de la vie nouvelle qui allait commencer. Antoinette pensait que c'était fini de leur chère intimité, et se demandait avec terreur ce qui adviendrait d'elle. Comme s'il voulait lui rendre cette pensée plus cuisante, il ne fut jamais si tendre que ce dernier soir, avec la coquetterie innocente de ces êtres qui attendent l'heure du départ pour montrer ce qu'ils ont de meilleur et de plus charmant. Il se mit au piano, et lui joua longuement les pages qu'ils aimaient le mieux de Mozart et de Gluck, – ces visions de bonheur attendri et de tristesse sereine, auxquelles était associée tant de leur vie passée.

L'heure de la séparation venue. Antoinette accompagna Olivier jusqu'à la porte de l'École. Elle rentra. Elle était seule, encore une fois. Mais ce n'était plus, comme dans le voyage d'Allemagne, une séparation à laquelle il dépendait d'elle-même de mettre fin, quand elle ne pourrait plus la supporter. Cette fois, elle restait : c'était lui qui était parti, pour longtemps, pour la vie. Cependant, elle était si maternelle qu'à ce premier moment elle songea moins à elle qu'à lui, elle se préoccupait de ces premiers jours d'une vie si différente, des brimades de l'École, et de ces petits ennuis inoffensifs, mais qui prennent facilement des proportions inquiétantes dans le cerveau des gens qui vivent seuls et sont habitués à se tourmenter pour ce qu'ils aiment. Ce souci eut du moins le bienfait de la distraire un peu de sa solitude. Elle pensait déjà à la demi-heure, où elle pourrait le voir, le lendemain au parloir. Elle y arriva un quart d'heure à l'avance. Il fut très gentil pour elle, mais tout occupé et amusé de ce qu'il avait vu. Les jours suivants, où elle venait toujours pleine de tendresse inquiète, le contraste s'accentua entre ce que ces instants d'entretien étaient pour lui, et ce qu'ils étaient pour elle. Pour elle, c'était toute sa vie, maintenant. Lui, il aimait tendrement Antoinette, sans doute : mais on ne pouvait pas lui demander de penser uniquement à elle. Une ou deux fois, il arriva en retard au parloir. Un autre jour, quand elle lui demanda s'il s'ennuyait, il répondit que non. C'étaient de petits coups de poignard dans le cœur d'Antoinette. – Elle s'en voulait d'être ainsi ; elle se traitait d'égoïste ; elle savait très bien que ce serait absurde, que ce serait même mal et contre nature qu'il ne pût se passer d'elle, ni elle de lui, qu'elle n'eût pas d'autre objet dans la vie. Oui, elle savait tout cela. Mais que lui servait-il de le savoir ? Elle n'y pouvait rien, si, depuis dix ans, sa vie entière était vouée à cette unique pensée : son frère. Maintenant que cet unique intérêt de sa vie lui était arraché, elle n'avait plus rien.

Elle essaya courageusement de se reprendre à ses occupations, à la lecture, à la musique, aux livres aimés... Dieu ! que Shakespeare, que Beethoven étaient vides, sans lui !... Oui, c'était beau sans doute... Mais il n'était plus là ! À quoi bon les belles choses, si l'on n'a, pour les voir, les yeux de celui qu'on aime ? Que faire de la beauté, que faire même de la joie, si on ne les goûte dans *l'autre* cœur ?

Si elle eût été plus forte, elle eût cherché à refaire entièrement sa vie, en lui donnant un autre but. Mais elle était à bout. Maintenant que rien ne l'obligeait plus à tenir bon, coûte que coûte, l'effort de volonté qu'elle s'imposait se rompit : elle tomba. La maladie, qui depuis plus d'un an se préparait en elle, et que son énergie tenait en respect, eut désormais le champ libre.

Seule, chez elle, elle passait ses soirs à se ronger, au coin du feu éteint ; elle n'avait pas le courage de le rallumer, elle n'avait pas la force de se coucher ; elle restait assise jusqu'au milieu de la nuit, s'assoupissant, rêvant et grelottant. Elle revivait sa vie, elle était avec ses morts, avec ses illusions détruites ; et une tristesse affreuse la prenait de sa jeunesse perdue, sans amour. Une douleur obscure, inavouée... Le rire d'un enfant dans la rue, son trottinement hésitant, à l'étage au-dessous... Ces petits pieds lui marchaient dans le cœur !... Des doutes l'assiégeaient, de mauvaises pensées, la contagion morale de cette ville d'égoïsme et de plaisir sur son âme affaiblie. — Elle combattait ses regrets, elle avait honte de ses désirs ; elle ne pouvait comprendre ce qui la faisait souffrir : elle l'attribuait à ses mauvais instincts. La pauvre petite Ophélie qu'un mal mystérieux rongeait, sentait avec horreur monter du fond de son être le souffle brutal et trouble, qui vient des bas-fonds de la vie. Elle ne travaillait plus, elle avait abandonné la plupart de ses leçons ; elle si matinale, restait au lit parfois jusqu'à l'après-midi : elle n'avait pas plus de raisons pour se lever que pour se coucher ; elle mangeait à peine, ou ne mangeait pas. Seulement les jours où son frère avait congé, – le jeudi dans l'après-midi, et le dimanche, dès le matin, – elle se forçait pour être avec lui comme elle était autrefois.

Il ne s'apercevait de rien. Il était trop amusé ou distrait par sa vie nouvelle, pour bien observer sa sœur. Il était dans cette période de la jeunesse, où l'on a peine à se livrer, où l'on a l'air indifférent à des choses qui vous touchaient naguère et qui vous remueront plus tard. Les personnes âgées semblent parfois avoir des impressions plus fraîches, des jouissances plus naïves de la nature et de la vie que les jeunes gens de vingt ans. On dit alors que les jeunes gens sont moins jeunes de cœur et plus blasés. C'est le plus souvent une erreur. Ce n'est pas qu'ils soient blasés, s'ils paraissent insensibles. C'est qu'ils ont l'âme absorbée par des passions, des ambitions, des désirs, des idées fixes. Quand le corps est usé et qu'il n'y a plus rien à attendre de la vie, les émotions désintéressées retrouvent alors leur place ; et se rouvre la source des larmes enfantines. Olivier était pris par mille petites préoccupations, dont la plus importante était une absurde passionnette, – (il en avait toujours) – qui l'obsédait au point de le rendre aveugle et indifférent pour tout le reste. Antoinette ne savait point ce qui se passait dans son frère ; elle voyait seulement qu'il se retirait d'elle. Ce n'était pas tout à fait la faute d'Olivier. Parfois, il se réjouissait, en venant, de la revoir et de lui parler. Il entrait. Tout de suite, il était glacé. L'affection inquiète, la fièvre avec laquelle elle s'accrochait à lui, elle buvait ses paroles, elle l'accablait de prévenances, – cet excès de tendresse et d'attention trépidante lui enlevait aussitôt tout désir de se confier. Il aurait dû se dire qu'Antoinette n'était pas dans son état normal. Rien n'était plus loin de la discrétion délicate qu'elle gardait à l'ordinaire. Mais il n'y réfléchissait pas. À ses questions, il opposait un oui, ou un non très sec. Il se raidissait dans son mutisme, d'autant plus qu'elle cherchait à l'en faire sortir, ou même il la blessait par une réponse brusque. Alors, elle se taisait aussi, accablée. Leur journée s'écoulait, se perdait. – À peine avait-il passé le seuil de la maison pour retourner à l'École, qu'il était inconsolable de sa façon d'agir. Il s'en tourmentait, la nuit, en pensant à la peine qu'il avait faite. Il lui arrivait même, aussitôt rentré à l'École, d'écrire à sa sœur une lettre pleine d'effusions. – Mais le lendemain matin, quand il l'avait relue, il la déchirait. Et Antoinette n'en savait rien. Elle croyait qu'il ne l'aimait plus.

*

Elle eut encore, – sinon une dernière joie, – un dernier émoi de tendresse juvénile où son cœur se reprit, un réveil désespéré de sa force d'amour et d'espoir de bonheur. Ce fut absurde d'ailleurs, et si contraire à sa calme nature ! Il fallut, pour que cela fût possible, le trouble où elle se trouvait, cet état de torpeur et de surexcitation, avant-coureur du mal.

Elle était à un concert du Châtelet, avec son frère. Comme il venait d'être chargé de la critique musicale dans une petite Revue, ils étaient un peu mieux placés qu'autrefois, mais au milieu d'un public beaucoup plus antipathique. Ils avaient des strapontins d'orchestre près de la scène. Christophe Krafft devait jouer. Ils ne connaissaient pas ce musicien allemand. Quand elle le vit paraître, son sang reflua au cœur. Bien que ses yeux fatigués ne le vissent qu'à travers un brouillard, elle n'eut aucun doute quand il entra : elle reconnut l'ami inconnu des mauvais jours d'Allemagne. Elle n'avait jamais parlé de lui à son frère ; c'était à peine si elle avait pu s'en parler à elle-même : toute sa pensée avait été absorbée depuis par les soucis de la vie. Et puis, elle était une raisonnable petite Française, qui se refusait à admettre un sentiment obscur, dont la source lui échappait, et qui était sans avenir. Il y avait en elle toute une province de l'âme, aux profondeurs insoupçonnées, où dormaient bien d'autres sentiments, qu'elle eût eu honte de voir : elle savait qu'ils étaient là ; mais elle en détournait les yeux, par une sorte de terreur religieuse pour cet Être qui se dérobe au contrôle de l'esprit.

Quand elle fut un peu remise de son trouble, elle emprunta la lorgnette de son frère, pour regarder Christophe, elle le voyait de profil, au pupitre de chef d'orchestre, et elle reconnut son expression violente et concentrée. Il portait un habit défraîchi, qui lui allait fort mal. – Antoinette assista, muette et glacée, aux péripéties de ce lamentable concert, où Christophe se heurta à la malveillance non dissimulée d'un public, qui était mal disposé pour les artistes allemands, et que sa musique assomma[2]. Quand, après une symphonie qui avait semblé trop longue, il reparut pour jouer quelques pièces pour piano, il fut accueilli par des exclamations gouailleuses, qui ne laissaient aucun doute sur le peu de plaisir qu'on avait à le revoir. Il commença pourtant à jouer, dans l'ennui résigné du public ; mais les remarques désobligeantes, échangées à voix haute entre les auditeurs des dernières galeries, continuèrent d'aller leur train, pour la joie du reste de la salle. Alors il s'interrompit ; par une incartade d'enfant terrible, il joua avec un doigt l'air : *Malbrough s'en va-t-en guerre*, puis, se levant du piano, il dit en face au public :

– Voilà ce qu'il vous faut !

Le public, un moment incertain sur les intentions du musicien, éclata en vociférations. Une scène de vacarme invraisemblable suivit. On sifflait, on criait :

– Des excuses ! qu'il vienne faire des excuses !

---

[2] *La foire sur la place.*

Les gens, rouges de colère s'excitaient, tâchaient de se persuader qu'ils étaient réellement indignés ; et peut-être ils l'étaient, mais, plus sûrement, ravis de cette occasion de se détendre et de faire du bruit : tels, des collégiens après deux heures de classe.

Antoinette n'avait pas la force de bouger ; elle était comme pétrifiée ; ses doigts crispés déchiraient en silence un de ses gants. Depuis les premières notes de la symphonie, elle avait prévu ce qui allait se passer, elle percevait l'hostilité sourde du public, elle la sentait grandir, elle lisait en Christophe, elle était sûre qu'il n'irait pas jusqu'au bout sans un éclat ; elle attendait cet éclat, avec une angoisse croissante ; elle se tendait pour l'empêcher ; et quand cela fut venu, cela était tellement comme elle l'avait prévu qu'elle fut écrasée ainsi que par une fatalité, contre laquelle il n'y avait rien à faire. Et comme elle regardait toujours Christophe, qui fixait insolemment le public qui le huait, leurs regards se croisèrent. Les yeux de Christophe la reconnurent peut-être une seconde ; mais, dans l'orage qui l'emportait, son esprit ne la reconnut pas : (il ne pensait plus à elle). Il disparut au milieu des sifflets.

Elle eût voulu crier, dire quelque chose : elle était ligotée, comme dans un cauchemar. Ce lui était un soulagement d'entendre à ses côtés son brave petit frère, qui, sans se douter de ce qui se passait en elle, avait partagé ses angoisses et son indignation. Olivier était profondément musicien, et il avait une indépendance de goût, que rien n'eût pu entamer : quand il aimait une chose, il l'eût aimée contre le monde entier. Dès les premières mesures de la symphonie, il avait senti quelque chose de grand, que jamais encore il n'avait rencontré dans sa vie. Il répétait à mi-voix, avec une ardeur profonde :

— Comme c'est beau ! Comme c'est beau !... tandis que sa sœur se serrait instinctivement contre lui avec reconnaissance.

Après la symphonie, il avait applaudi rageusement, pour protester contre l'indifférence ironique du public. Quand vint le grand chambard, il fut hors de lui : ce garçon timide se leva, il criait que Christophe avait raison, il interpellait les siffleurs, il avait envie de se battre. Sa voix se perdait au milieu du bruit ; il se fit apostropher grossièrement : on le traita de morveux, et on l'envoya coucher. Antoinette, qui savait l'inutilité de toute révolte, le prit par le bras, en disant :

— Tais-toi, je t'en supplie, tais-toi !

Il se rassit désespéré ; il continuait à gémir :

— C'est honteux, c'est honteux ! Les misérables !...

Elle ne disait rien, elle souffrait en silence ; il la crut insensible à cette musique ; il lui dit :

— Antoinette, mais est-ce que tu ne trouves pas cela beau, toi ?

Elle fit signe que oui. Elle restait figée, elle ne pouvait se ranimer. Mais quand l'orchestre fut sur le point d'entamer un autre morceau, brusquement elle se leva, soufflant à son frère, avec une sorte de haine :

— Viens, viens, je ne veux plus voir ces gens !

Ils partirent précipitamment. Dans la rue, au bras l'un de l'autre, Olivier parlait avec emportement. Antoinette se taisait.

*

Les jours suivants, seule dans sa chambre, elle s'engourdissait dans un sentiment, qu'elle évitait de regarder en face, mais qui persistait, à travers toutes ses pensées, comme le battement sourd du sang dans ses tempes qui lui faisaient mal.

À quelque temps de là, Olivier lui apporta le recueil des *Lieder* de Christophe, qu'il venait de découvrir chez un éditeur. Elle l'ouvrit au hasard. Sur la première page qu'elle regarda, elle lut en tête d'un morceau cette dédicace en allemand :

À ma pauvre chère petite victime

et une date au-dessous.

Elle connaissait bien cette date. – Elle fut prise d'un tel trouble qu'elle ne put continuer. Elle posa le cahier, et, priant son frère de jouer, elle alla dans sa chambre et s'y enferma. Olivier, tout au plaisir de cette musique nouvelle, se mit à jouer, sans remarquer l'émotion de sa sœur. Antoinette, assise dans la chambre à côté, comprimait les battements de son cœur. Brusquement, elle se leva et chercha dans son armoire un petit carnet de notes de dépenses, pour retrouver la date de son départ d'Allemagne, et la date mystérieuse. Elle le savait d'avance : oui, c'était bien le soir de la représentation où elle assistait avec Christophe. Elle se coucha sur son lit, et ferma les yeux, rougissante, les mains serrées sur son sein, écoutant la chère musique. Son cœur était noyé de reconnaissance... Ah ! pourquoi la tête lui faisait-elle si mal ?

Olivier, ne voyant plus reparaître sa sœur, entra chez elle, quand il eut fini de jouer, et la trouva étendue. Il lui demanda si elle était souffrante. Elle parla d'un peu de lassitude, et se releva pour lui tenir compagnie. Ils causèrent mais elle ne répondait pas tout de suite à ses questions ; elle avait l'air de revenir de très loin ; elle souriait, rougissait, s'excusait sur un fort mal de tête qui la rendait sotte, enfin Olivier partit. Elle lui avait demandé de laisser le cahier de mélodies. Elle resta longtemps seule dans la nuit, à les lire au piano, sans jouer, effleurant à peine une note de-ci, de-là, très doucement, de peur que ses voisins ne se plaignissent. Elle ne lisait même pas, le plus souvent, elle rêvait, elle était emportée par un élan de gratitude et de tendresse vers cette âme qui avait eu pitié d'elle, qui avait lu en elle, avec l'intuition mystérieuse de la bonté. Elle ne pouvait fixer ses pensées. Elle était heureuse et triste, – triste !... Ah ! comme la tête lui faisait mal !

Elle passa la nuit dans des rêves doux et pénibles, une mélancolie accablante. Dans la journée, pour secouer sa torture, elle voulut sortir un peu. Quoique la tête continuât à la faire souffrir, – pour se donner un but, elle alla faire des emplettes à un grand magasin. Elle ne pensait guère à ce qu'elle faisait. Sans se l'avouer, elle pensait à Christophe. Comme elle sortait, harassée, triste à mourir, au milieu de la cohue, elle aperçut sur le trottoir, de l'autre côté de la rue, Christophe qui passait. Il la vit en même temps. Aussitôt, – (ce fut irréfléchi) – elle tendit les mains vers lui. Christophe s'arrêta : cette fois, il la reconnaissait. Déjà, il sautait sur la chaussée, pour venir à Antoinette ; et Antoinette s'efforçait d'aller à sa rencontre. Mais le flot brutal de la foule l'emporta comme une paille, tandis qu'un cheval d'omnibus, s'abattant sur l'asphalte glissant, formait devant Christophe une digue, contre laquelle se brisa aussitôt le double courant des voitures, amoncelant pour quelques instants une barrière inextricable. Christophe, malgré tout, s'obstinait à passer : il se trouva pris au milieu des voitures, sans pouvoir avancer ni reculer. Quand il réussit à se dégager enfin et à atteindre la place où il avait vu Antoinette, elle était déjà loin : elle avait fait de vains efforts pour se débattre contre le torrent humain ; puis, elle s'était résignée, elle n'avait plus essayé de lutter ; elle avait le sentiment d'une fatalité qui pesait sur elle, et s'opposait à sa rencontre avec Christophe : on ne pouvait rien contre la fatalité. Et quand elle avait réussi à sortir de la foule, elle n'avait plus tenté de revenir sur ses pas ; une honte l'avait prise : qu'oserait-elle lui dire ? Qu'avait-elle osé faire ? Qu'avait-il pu penser ? – Elle s'enfuit chez elle.

Elle ne se sentit rassurée que quand elle fut rentrée. Mais une fois dans sa chambre, dans l'ombre, elle resta assise devant sa table, sans avoir le courage d'enlever son chapeau ni ses gants. Elle était malheureuse de n'avoir pu lui parler ; et, en même temps, elle avait une lumière dans le cœur ; elle ne voyait plus l'ombre, elle ne voyait plus le mal qui la travaillait. Elle repassait indéfiniment tous les détails de la scène qui avait eu lieu : et elle modifiait, elle se représentait ce qui serait arrivé, si telle circonstance avait été une autre. Elle se voyait tendant les bras vers Christophe, elle voyait l'expression de joie de Christophe en la reconnaissant, et elle riait, et elle rougissait. Elle rougissait ; et, seule, dans l'obscurité de sa chambre, où nul ne pouvait la voir, elle lui tendait les bras, de nouveau. Ah ! c'était plus fort qu'elle : elle se sentait disparaître, et elle cherchait instinctivement à s'accrocher à la puissante vie qui passait auprès d'elle, et qui avait eu pour elle un regard de bonté. Son cœur plein de tendresse et d'angoisse lui criait dans la nuit :

— Au secours ! Sauvez-moi !

Elle se souleva toute fiévreuse pour allumer la lampe, pour prendre du papier, une plume. Elle écrivit à Christophe. Jamais cette fille rougissante et fière n'eût pensé à lui écrire, si elle n'avait été livrée à la maladie. Elle ne savait ce qu'elle écrivait. Elle n'était plus maîtresse d'elle-même. Elle l'appelait, elle lui disait qu'elle l'aimait... Au milieu de sa lettre, elle s'arrêta, épouvantée. Elle voulut refaire la lettre : son élan était brisé ; sa tête était vide et brûlante ; elle avait une peine horrible à trouver ses mots ; la fatigue l'écrasait. Elle avait honte... À quoi bon tout cela ? elle savait bien qu'elle cherchait à se duper, qu'elle n'enverrait jamais cette lettre... Quand même elle l'eût voulu, comment l'eût-elle fait parvenir ? Elle n'avait pas l'adresse de Christophe... Pauvre Christophe ! Et que pourrait-il pour elle, même s'il savait tout, s'il était bon pour elle ?...Trop tard ! Non,

non, tout était vain ; c'était un dernier effort d'oiseau qui étouffe, et qui bat des ailes éperdument. Il fallait se résigner…

Elle resta longtemps encore devant sa table, absorbée, sans pouvoir s'arracher à son immobilité. Il était plus de minuit, quand elle se leva péniblement, – vaillamment. Par une habitude machinale, elle serra les brouillons de sa lettre dans un livre de sa petite bibliothèque, n'ayant le courage, ni de les ranger, ni de les déchirer. Puis elle se coucha, grelottante de fièvre. Le mot de l'énigme se découvrait : elle sentait s'accomplir la volonté de Dieu.

Et une grande paix descendit en elle.

*

Le dimanche matin, Olivier, venant de l'École trouva Antoinette au lit, avec un peu de délire. Un médecin fut appelé. Il constata une phtisie aiguë.

Antoinette avait pris conscience de son état, dans les derniers jours ; elle avait découvert enfin la raison du trouble moral, qui l'épouvantait. Pour la pauvre petite, qui avait honte d'elle-même, c'était presque un soulagement de penser qu'elle n'y était pour rien, que la maladie en était cause. Elle avait eu la force de prendre quelques précautions, de brûler ses papiers, de préparer une lettre pour Mme Nathan : elle la priait de vouloir bien veiller sur son frère, dans les premières semaines après sa « mort » – (elle n'osait pas écrire ce mot…)

Le médecin ne put nier : le mal était trop fort, et la constitution d'Antoinette était usée par les années de fatigues.

Antoinette était calme. Depuis qu'elle se sentait perdue, elle était délivrée de ses angoisses. Elle repassait dans sa pensée toutes les épreuves qu'elle avait traversées ; elle revoyait son œuvre accomplie, son cher Olivier sauvé ; et une joie ineffable la pénétrait. Elle se disait :

– C'est moi qui ai fait cela.

Elle se reprochait son orgueil :

– Seule, je n'aurais rien pu. C'est Dieu qui m'a aidée.

Et elle remerciait Dieu de lui avoir accordé de vivre jusqu'à ce qu'elle eût fait sa tâche. Elle avait le cœur bien serré qu'il lui fallût s'en aller maintenant ; mais elle n'osait pas se plaindre : c'eût été ingrat envers Dieu, qui aurait pu la rappeler plus tôt. Et que serait-il arrivé, si elle était partie, un an plus tôt ? – Elle soupirait, et s'humiliait avec reconnaissance.

Malgré son oppression, elle ne se plaignait point, – sauf dans les lourds sommeils, où elle gémissait parfois, comme un petit enfant. Elle regardait les choses et les gens avec un plaisir résigné. La vue d'Olivier lui était une joie perpétuelle. Elle l'appelait des lèvres, sans parler : elle voulait qu'il posât sa tête près d'elle ; et, les yeux près des yeux, elle le regardait longuement, en silence. Enfin, elle se soulevait, lui serrant la tête entre ses mains, et disait :

– Ah ! Olivier !…Olivier !…

Elle enleva de son cou la médaille qu'elle portait, et la mit au cou de son frère. Elle recommanda son cher Olivier à son confesseur, à son médecin, à tous. On sentait qu'elle vivait désormais en lui, que, sur le point de mourir, elle se réfugiait dans cette vie, comme dans une île. Par moments, elle semblait grisée par une exaltation mystique de tendresse et de foi, elle ne sentait plus son mal ; la tristesse était devenue joie, – une joie divine, qui rayonnait sur sa bouche, dans ses yeux. Elle répétait :

– Je suis heureuse...

La torpeur la gagnait. Dans ses derniers instants de conscience, ses lèvres remuaient, on voyait qu'elle se récitait quelque chose. Olivier vint à son chevet, et se pencha sur elle. Elle le reconnut encore, et lui sourit faiblement ; ses lèvres continuaient de remuer, et ses yeux étaient pleins de larmes. On n'entendait pas ce qu'elle voulait dire... Mais Olivier saisit, comme un souffle, ces mots de la vieille chanson, qu'ils aimaient tant, qu'elle lui avait chantée bien des fois :

I will come again, my sweet and bonny, I will come again.

(« Je reviendrai, bien aimé, je reviendrai... »)

Puis, elle retomba dans sa torpeur... Et elle s'en alla.

*

Elle inspirait, sans le savoir, une sympathie profonde à beaucoup de personnes qu'elle ne connaissait pas : ainsi, dans la propre maison, dont elle ignorait jusqu'au nom des locataires, Olivier reçut des marques de compassion de gens qui lui étaient étrangers. L'enterrement d'Antoinette ne fut pas délaissé, comme l'avait été celui de sa mère. Des amis, des camarades de son frère, des familles chez qui elle avait donné des leçons, des êtres auprès desquels elle avait passé, muette, ne disant rien de sa vie, et qui ne lui en disaient rien, mais qui l'admiraient en secret, sachant son dévouement, même de pauvres gens, la femme de ménage qui l'aidait, de petits fournisseurs du quartier, la suivirent jusqu'au cimetière. Olivier avait été, dès le soir de la mort, recueilli par Mme Nathan, emmené malgré lui, distrait de force de sa douleur.

C'était bien le seul moment de sa vie, où il lui fût possible de résister à une telle catastrophe, – le seul où il ne lui fût pas permis de se livrer tout entier à son désespoir. Il venait de commencer une vie nouvelle, il faisait partie d'un groupe, il était entraîné par le courant, en dépit qu'il en eût. Les occupations et les soucis de son École, la fièvre intellectuelle, les examens, la lutte pour la vie, l'empêchaient de s'enfermer en lui : il ne pouvait être seul. Il en souffrait : mais ce fut son salut. Un an plus tôt, quelques années plus tard, il était perdu.

Cependant, il s'isola autant qu'il put dans le souvenir de sa sœur. Il eut le chagrin de ne pouvoir conserver l'appartement, où ils avaient vécu ensemble : il n'avait pas d'argent. Il espérait que ceux qui semblaient s'intéresser à lui comprendraient sa détresse de ne pouvoir sauver ce qui avait été à elle. Mais personne ne parut comprendre. Avec de l'argent emprunté en partie, en partie gagné par des répétitions, il loua une mansarde, où il entassa tout ce qu'il put faire tenir des meubles de sa sœur : son lit, sa table, son fauteuil. Il s'y fit un sanctuaire de son souvenir. Il allait s'y réfugier, les jours où il était abattu. Ses camarades croyaient qu'il avait une liaison. Il était là pendant des heures, à rêver d'elle, le front dans les mains : car il avait le malheur de ne posséder aucun portrait d'elle, qu'une petite photographie prise quand elle était enfant, et qui les représentait tous deux ensemble. Il lui parlait. Il pleurait... Où était-elle ? Ah ! si elle avait été seulement à l'autre bout du monde, en quelque lieu que ce fût, si inaccessible que ce fût, — avec quelle joie, quelle ardeur invincible, il se fût lancé à la recherche, à travers mille souffrances, dût-il marcher pieds nus pendant des siècles, si du moins chacun de ses pas l'avait rapproché d'elle !... Oui, même s'il n'avait eu qu'une chance sur mille d'arriver jusqu'à elle... Mais rien... Nul moyen de la rejoindre jamais... Quelle solitude ! Comme il était livré, maladroit, enfantin dans la vie, maintenant qu'elle n'était plus là pour l'aimer, le conseiller, le consoler !... Celui qui a eu le bonheur de connaître, une fois dans le monde, l'intimité complète, sans limites, d'un cœur ami, a connu la plus divine joie, — une joie qui le rendra misérable, tout le reste de sa vie...

*Nessun maggior dolore che ricordarsi del tempo felice nel-
la miseria...*

Le pire des malheurs est, pour les âmes faibles et tendres,
d'avoir une fois connu le plus grand des bonheurs.

Mais si triste qu'il soit de perdre, au début de sa vie, ceux
qu'on aime, c'est encore moins affreux que plus tard, quand les
sources de la vie sont taries. Olivier était jeune ; et, malgré son
pessimisme natif, malgré son infortune, il avait besoin de vivre.
Il semblait qu'Antoinette, en mourant, eût soufflé une partie de
son âme à son frère. Il le croyait. Sans avoir la foi, comme elle, il
se persuadait obscurément que sa sœur n'était pas tout à fait
morte, qu'elle vivait en lui, ainsi qu'elle l'avait promis. Une
croyance de Bretagne veut que les jeunes morts ne soient pas
morts : ils continuent de flotter aux lieux où ils vécurent, jusqu'à
ce qu'ils aient accompli la durée normale de leur existence. –
Ainsi, Antoinette continuait de grandir auprès d'Olivier.

Il relisait les papiers qu'il avait trouvés d'elle. Par malheur,
elle avait presque tout brûlé. D'ailleurs, elle n'était pas femme à
tenir registre de sa vie intérieure. Elle eût rougi de dévêtir sa
pensée. Elle avait seulement un petit carnet de notes presque
incompréhensibles pour tout autre que pour elle, – un agenda
minuscule, où elle avait inscrit sans aucune remarque, certaines
dates, certains petits événements de sa vie journalière, qui
avaient été pour elle l'occasion de joies et d'émotions, qu'elle
n'avait pas besoin de noter en détail, pour les revivre. Presque
toutes ces dates se rapportaient à des faits de la vie d'Olivier.
Elle avait conservé, sans en perdre une seule, toutes les lettres
qu'il lui avait écrites. – Hélas ! il avait été moins soigneux : il
avait laissé perdre presque toutes celles qu'il avait reçues d'elle.
Qu'avait-il besoin de lettres ? Il pensait qu'il aurait toujours sa
sœur : la chère source de tendresse semblait intarissable ; il se
croyait sûr de pouvoir y rafraîchir toujours ses lèvres et son

cœur ; il avait gaspillé avec imprévoyance l'amour qu'il en avait reçu, et dont il eût voulu maintenant recueillir jusqu'aux moindres gouttelettes... Quelle émotion il eut, quand, feuilletant un des livres de poésie d'Antoinette, il y trouva, sur un chiffon de papier, ces mots écrits au crayon :

– « Olivier, mon cher Olivier !...»

Il fut sur le point de défaillir. Il sanglotait, pressant contre ses lèvres la bouche invisible, qui de la tombe lui parlait. – Depuis ce jour, il prit chacun de ses livres, et chercha page par page si elle n'y avait point laissé quelque autre confidence. Il trouva le brouillon de la lettre à Christophe. Il apprit alors le roman silencieux qui s'était ébauché en elle ; il pénétra pour la première fois dans sa vie sentimentale, qu'il ignorait, et qu'il n'avait pas cherché à connaître ; il revécut les derniers jours de trouble, où, abandonnée par lui, elle tendait les bras vers l'ami inconnu. Jamais elle ne lui avait confié qu'elle avait déjà vu Christophe. Quelques lignes de sa lettre lui révélaient qu'ils s'étaient rencontrés naguère en Allemagne. Il comprenait que Christophe avait été bon pour Antoinette, dans une circonstance dont il ne savait point les détails, et que de là datait le sentiment d'Antoinette, dont elle avait gardé le secret jusqu'à la fin.

Christophe, qu'il aimait déjà pour la beauté de son art, lui devint sur-le-champ indiciblement cher. Elle l'avait aimé : il semblait à Olivier que c'était elle encore qu'il aimait en Christophe. Il fit tout pour se rapprocher de lui. Ce ne fut pas facile de retrouver ses traces. Christophe avait disparu, après son échec, dans l'immense Paris ; il s'était retiré de tous, et nul ne s'occupait de lui. Après des mois, le hasard fit qu'Olivier rencontra dans la rue Christophe, blême et creusé par la maladie dont il sortait à peine. Mais il n'eut pas le courage de l'arrêter. Il le suivit de loin, jusqu'à sa maison. Il voulut lui écrire : il ne put s'y décider. Que lui écrire ? Olivier n'était pas seul, Antoinette était avec lui : son amour, sa pudeur avaient passé en lui ; la

pensée que sa sœur avait aimé Christophe le rendait, devant
Christophe, rougissant, comme s'il avait été elle. Et, pourtant,
qu'il eût voulu parler d'elle avec lui ! – Mais il ne le pouvait pas.
Son secret lui scellait les lèvres.

Il cherchait à rencontrer Christophe. Il allait partout où il
pensait que Christophe pouvait aller. Il brûlait du désir de lui
tendre la main. Et dès qu'il le voyait, il se cachait, pour n'être
pas vu de lui.

*

Enfin, Christophe le remarqua, dans un salon ami, où ils se
trouvèrent un soir. Olivier se tenait loin de lui, et il ne disait
rien ; mais il le regardait. Et sans doute qu'Antoinette, ce soir-là,
était avec Olivier : car Christophe la vit dans les yeux d'Olivier ;
et ce fut son image, brusquement évoquée, qui le fit venir, à travers tout le salon, vers le messager inconnu, qui lui apportait
comme un jeune Hermès, le salut triste et doux de l'ombre
bienheureuse.